Hartmut Lange

# *Die Bildungsreise*

*Novelle*

Diogenes

Umschlagfoto
von Michael Ruetz
aus dem Buch
›Römische Veduten‹,
erschienen 1987
im Paul List Verlag,
München

*Ich bedanke mich
für die Mitarbeit
meiner Frau*


Diogenes Verlag AG Zürich
www.diogenes.ch
50/00/52/1
ISBN 3 257 06244 3

# I

Müller-Lengsfeldt saß am Rande des Palatins und sah auf das Forum Romanum zu seinen Füßen. Es war ein Platz, der abschüssig wirkte. Ein provisorischer Lattenzaun, kaum kniehoch, sollte den Touristen daran hindern, sich einer Wand aus gemauerten Ziegelsteinen allzusehr zu nähern. Hier hätte man abstürzen können, um in einem Wirrwarr von Trümmern zu verschwinden. Müller-Lengsfeldt hatte sich einen leichten Klappstuhl mitgebracht. Es war ein Aluminiumgestell mit einer Sitzfläche aus Segeltuch, und so saß er beinahe zu ebener Erde, die Füße auf den Lattenzaun gestützt, und zeichnete auf einem großen Block das Atrium der Vestalinnen nach. Das heißt, was er vor Augen hatte, war nicht mehr als ein von verbranntem Rasen überwuchertes Rechteck, in dem Strukturen aus Mauerwerk und hier und dort ein Säulenstumpf zu erkennen waren. An der hinteren Längsseite erhoben sich Marmorsockel mit beschädigten Figuren. Es war ein spärliches Einerlei, das Müller-Lengsfeldt mit einem grauen Stift auf das Papier malte, und man hatte Mühe zu erkennen, worauf er eigentlich hinauswollte, denn auch die Sträucher, die am Rande eines mit Wasser gefüllten Beckens wucherten, zeichnete er detailgetreu nach. Zuletzt, als er zufrieden war und mit dem Stift, den er in Augenhöhe hielt, nochmals die Maßstäbe überprüfte, zuletzt erhob er sich, legte den Block auf den Klappstuhl und winkte einer Gruppe Touristen zu, die sich weiter links in unmittelbarer Nähe des Titusbogens versammelt hatten.

Es war heiß, ein leichter Wind stieg vom Forum Romanum auf, und Müller-Lengsfeldt war versucht, sich weiter auf den Hügel zurückzuziehen, dorthin, wo riesige Pinien das Licht der Sonne abschwächten und wo es in den Ecken der Ruinen kühler war. Keine dreihundert Schritt in seinem Rücken gab es Quellwasser, das ständig über eine Marmorwand lief und irgendwo im hüfthohen Unkraut versickerte, und hier, so hatte Müller-Lengsfeldt gelesen, sollte sich auch Winckelmann des öfteren, um sich zu erfrischen, aufgehalten haben.

Winckelmann? Ja, Johann Joachim Winckelmann, um dessentwillen Müller-Lengsfeldt diese Reise gebucht hatte. Er hatte sich einer Touristengruppe angeschlossen, die, so stand es jedenfalls in dem Prospekt, zehn Tage lang und zwar für zweitausendneunhundert Mark auf den Spuren des Wiederentdeckers der Antike unterwegs sein sollte.

»Lernen Sie das Alte Rom aus erster Hand kennen!« stand da in fettgedruckten Buchstaben, und Müller-Lengsfeldt hatte dieser Gelegenheit ohne Zögern zugestimmt.

Jetzt hielt er sich eine Weile in den Farnesischen Gärten auf, bestaunte die Lorbeerbäume, deren Stämme vor Alter zu splittern begannen. Im Domus Tiberiana versuchte er sich zu orientieren, indem er den Grundriß, der auf einer Tafel angebracht war, studierte, dann hörte er Stimmen, die ihm vertraut waren, und als er zu seinem Klappstuhl zurückkehrte, hatte man schon seinen Zeichenblock in der Hand, um, was er dort in den letzten beiden Tagen zu Papier gebracht hatte, zu begutachten.

»Jetzt müssen Sie«, sagte Herr Schmeer, »um sozusagen auf den Spuren Winckelmanns zu bleiben, alles mit bunter Tusche ausfüllen. Etwa so«, fügte er hinzu und hielt Müller-Lengsfeldt eine kleine rechteckige Mappe hin.

Es war ein Souvenir, wie es überall angeboten wurde. Der Umschlag eine Leinenimitation mit der Aufschrift: »Illustrierter Führer. Rom, wie es war und wie es ist.« Es enthielt Fotografien von den wichtigsten antiken Überresten, und wenn man eine buntbeschichtete Folie darüberlegte, erhielt man eine Art Rekonstruktion.

»So«, sagte Herr Schmeer und demonstrierte, wie der Führer zu handhaben war. »So«, sagte er, »muß man sich das Haus der Vestalinnen vorstellen, dessen Trümmer Sie skizziert haben.«

Müller-Lengsfeldt war unangenehm berührt, als er die bunte Imitation sah. Sie schien ihm billig und aufdringlich, aber irgendwie stellte sich doch so etwas wie eine Illusion ein, als hätte sich, was er eben noch akribisch auf dem Block festgehalten hatte, vor seinen Augen verwandelt. Mehrmals klappte er die Folie, die diese Verwandlung bewirkte, zurück, und bevor er das Gefühl gelten ließ, daß es unerlaubt sei, an diesem Trümmerfeld, dessen Zauber die Vergänglichkeit war, auf diese Weise zu rühren, gab er die Mappe wieder aus der Hand, hörte sich an, was Herr Schmeer über die Rechte und Pflichten der Vestalinnen zu sagen hatte.

Dann ging man Frau Ziegler, der Reiseleiterin, nach, die vorgeschlagen hatte, den Palatin in Richtung Südwesten zu überqueren, um einen Blick auf das Gelände des Circus Maximus zu werfen.

Frau Ziegler, die hin und wieder ein Fähnchen hob, wenn es darauf ankam, die Gruppe um sich zu versammeln, Frau Ziegler, deren Alter schwer einzuschätzen war, hatte ein schmales Gesicht, das Haar war kurzgeschnitten, so daß man die Ohren und den Nacken sah, und wenn die anderen danach verlangten, in einer Trattoria oder einer Bar zu sitzen, um auszuruhen, blieb sie zielstrebig auf den Beinen. Sie, die immerhin fünfzehn Personen durch die Innenstadt Roms führte, vom Palazzo Zuccari zum Forum Romanum, von der Via Sistina zum Vatikan, zeigte keine Spur von Müdigkeit. Und auch jetzt, als sie mit der Gruppe am anderen Ende des Palatins über die Via dei Cerchi hinweg auf das langgestreckte Feld wies, das wie eine Galopprennbahn wirkte, konnte man ihren Erklärungen, da sie schnell sprach, nur folgen, wenn man über Stunden hinweg ebenso frisch und aufmerksam blieb wie eben Frau Ziegler. Alle sahen auf das von Unkraut freigehaltene Areal, und in der Mitte, auf jener Erhöhung, die mit Gras überwachsen war, erhob sich, als hätte man ihn aufgescheucht, ein großer Vogel. Träge ruderte er mit den Flügeln, um sich einige Meter weiter auf dem sandigen Boden erneut niederzulassen. Aber er blieb unruhig und flog, während Frau Ziegler einen Augenblick innehielt, auch sie schien das

Tier bemerkt zu haben, in einem Halbkreis auf den Palatin zu, um hinter den Baumkronen zu verschwinden.

»Ein Wanderfalke«, sagte jemand.

Keiner ging darauf ein, und nun erklärte Frau Ziegler die Technik der Wagenrennen im Alten Rom und wie gefährlich dies alles gewesen sei.

Müller-Lengsfeldt spürte, daß er Hunger hatte. Auch war die Mittagssonne unerträglich, besonders wenn man, wie er, ohne Kopfbedeckung war, und wieder hielt ihm Herr Schmeer, der gegen die Hitze bestens gerüstet war, er trug Leinenhosen und eine Baseballkappe, wieder hielt ihm der andere, der nicht von seiner Seite wich, die kleine rechteckige Mappe hin. Er hatte die bunte Folie über die Fotografie des Circus Maximus gelegt, aber diesmal weigerte sich Müller-Lengsfeldt, einen Blick darauf zu werfen.

»Geschmacklos«, murmelte er lediglich, und die Bemerkung des Herrn Schmeer, daß es, geschmacklos oder nicht, ausschließlich darauf ankäme, die Antike im Anblick ihrer Trümmer wieder lebendig zu machen, diese Bemerkung ließ Müller-Lengsfeldt unerwidert.

## 2

Jeden Morgen nach dem Frühstück bat Frau Ziegler die Gruppe, die ihr anvertraut war, in die Vorhalle des Hotels Nordland. Sie hatte die Angewohnheit, einen kurzen Vortrag zu halten, um den jeweiligen Tagesplan zu erörtern, und diesmal sprach sie über die Villa Albani und daß es unmöglich sei, diese Wirkungsstätte Winckelmanns ganz unmittelbar zu betreten.

»Wir werden uns in dem Park aufhalten«, sagte sie, »der immerhin dreizehn Hektar groß ist.« Und nun erklärte sie, daß die ehemalige Besitzung des Kardinals heute Villa Torlonia heißen würde und daß die Familie der Albani ausgestorben sei. Aber man könne in der Villa, gesetzt den Fall, sie würde wieder einmal für die Öffentlichkeit zugänglich sein, Gemälde von Raffael und Perugino bewundern.

Das Hotel Nordland lag unweit des Vatikans am linken Tiberufer, und man mußte, um zur Villa Torlonia zu gelangen, zuerst zum Hauptbahnhof und von dort aus mit einem der Busse in Richtung Via Nomentana fahren. Und es war rührend zu erleben, wie Frau Ziegler jede Minute nutzte, um Einzelheiten in den Beziehungen zwischen Winckelmann und dem Kardinal zu erörtern. Zuerst in der Metropolitana, dann in dem Bus der Linie 136 sprach sie davon, wie froh Winckelmann gewesen sei, diesen einflußreichen Kardinal gleich nach seiner Ankunft in Rom kennengelernt zu haben.

»Er wurde sein Privatsekretär«, sagte sie, wobei sie sich, um die anderen besser im Blick zu haben, über die Lehne ihres Sitzplatzes hinweg nach hinten beugte. »Er bekam eine Wohnung und ein bescheidenes Gehalt, und er hatte, was besonders wichtig war, Zutritt zu den Salons der damaligen Zeit«, sagte Frau Ziegler.

Sie erwähnte noch, daß Albani halbblind gewesen sei, so daß Winckelmann ihn hätte führen müssen, dann war man in der Via Nomentana angelangt und mußte die kurze Strecke von der Haltestelle zur Villa Allessandro Torlonia, wo sich der Eingang zum Park der Villa befand, zu Fuß gehen.

Als sie in die kurze Allee, die von Zedern umstanden war, einbogen, sagte jemand:

»Komfortable Unterkunft. Hier ist Mussolini jeden Tag vorgefahren.«

»Um die Sarkophage in der Villa zu besichtigen«, sagte Herr Schmeer.

Alle lachten. Frau Ziegler war vorausgeeilt, um die Gruppe am Portikus, der mitten im Park stand, zu versammeln, und wieder sprach sie über den glücklichen Zufall, durch den Winckelmann die

Gunst, ja, die Freundschaft des um fünfundzwanzig Jahre älteren Kirchenfürsten erlangt hatte. Man hatte einen Halbkreis um sie gebildet, hörte ihr aufmerksam zu. Sie stand auf der untersten Stufe der Treppe, und Müller-Lengsfeldt wollte ihr, da sie immer noch zu klein war, um über alle Köpfe hinwegsehen zu können, Müller-Lengsfeldt wollte ihr zurufen, sie möge doch, um sich besser Gehör zu verschaffen, zwei, drei Stufen höher hinaufsteigen.

Er staunte darüber, wie gebildet Frau Ziegler war und daß der Reiseveranstalter tatsächlich hielt, was er in dem Prospekt versprochen hatte: Ein Bildungserlebnis ohne Wenn und Aber und offenbar, so schätzte er Frau Ziegler inzwischen ein, mit einer Betreuerin, die Leben und Werk Winckelmanns eingehend studiert hatte.

»Aha, das hat Ihnen gefallen!« rief Müller-Lengsfeldt und lachte, als Frau Ziegler erzählte, wie Winckelmann als Student, völlig betrunken und mit vier umgeschnallten Schwertern, durch das nächtliche Leipzig getorkelt war, um Straßenlaternen zu zerschmettern.

Sein Ton war etwas zu anzüglich geraten. Frau Ziegler schien irritiert, aber da er nichts hinzufügte und immer nur auf ihre Hände sah, ja, auf die Hände, mit denen sie, während sie redete, auf anmutige Weise gestikulierte, und da auch sonst niemand auf diesen Ausruf, obwohl ihn alle gehört hatten, reagierte, zog sie ein Notizbuch aus ihrer Handtasche, um den weiteren Tagesplan bekanntzugeben.

Nochmals bedauerte Frau Ziegler, daß man nur den Park besichtigen könne und daß auch das Kaffeehaus, der sogenannte Portikus, vor dem man stand, der Öffentlichkeit leider nicht zugänglich sei. Es folgte eine halbe Stunde Müßiggang, das heißt, Frau Ziegler hatte allen für die Aufmerksamkeit gedankt und sich abgewandt. Sie setzte sich, während die anderen den Park inspizierten, auf einen Mauervorsprung, begann in ihrem Notizbuch zu blättern. In der linken Hand hielt sie eine Tüte mit Bonbons, aus der sie sich regelmäßig bediente, und Müller-Lengsfeldt, der mit Herrn Schmeer über den Kiesweg schlenderte, ließ sie nicht aus den Augen. Immer wieder, und je weiter sie sich entfernten, desto öfter drehte er sich nach Frau Ziegler um. Zuletzt ließ er den anderen, indem er eine Entschuldigung murmelte, stehen. Ohne Umstände und ohne Herrn Schmeer zu sagen, was ihn dazu veranlaßt hatte, ging er, um den Weg abzukürzen, quer über den Rasen und setzte sich neben die Reiseleiterin.

# 3

Am Tag darauf saß Müller-Lengsfeldt wieder auf seinem Klappstuhl am Rande des Palatins. Diesmal hatte er einen Malkasten bei sich, dazu ein Fläschchen mit Wasser, und er begann die Skizze, die er Tage vorher angefertigt hatte, zu ergänzen. Dabei erinnerte er sich an das Souvenir, das ihm Herr Schmeer gezeigt hatte, an jene kleine rechteckige Mappe, in der die Rekonstruktion des Tempels der Vestalinnen zu sehen gewesen war. Aber er wollte es weniger bunt haben, also ging er mit den Farben sparsam um, achtete darauf, daß alles zurückhaltend geriet. Er wunderte sich darüber, daß auch Frau Ziegler mit den anderen wieder vor dem Titusbogen stand.

›Das war schon einmal so‹, dachte Müller-Lengsfeldt und winkte zu ihnen hinüber.

Herr Schmeer hatte Frau Ziegler am Morgen darum gebeten, nochmals in die Kurie und danach zum Titusbogen zu gehen. Und Frau Ziegler war, obwohl sie dies anders geplant hatte, bereitwillig darauf eingegangen. Minuten zuvor hatte sie davon gesprochen, daß es an der Zeit sei, die Museen des Vatikans zu besuchen. ›Es wäre vernünftiger gewesen‹, dachte Müller-Lengsfeldt, ›schließlich war Winckelmann päpstlicher Antiquar‹, und er ertappte sich dabei, wie er darauf achtete, ob es Herr Schmeer war, der Frau Ziegler nicht mehr von der Seite wich, nachdem sie den Titusbogen verlassen hatten und auf den Palatin zuschlenderten.

Müller-Lengsfeldt war jetzt, was die anderen der Gruppe betraf, aufmerksamer geworden, hatte sehr wohl bemerkt, daß es hier und dort zu Vertraulichkeiten gekommen war.

»Frau Ziegler geht, das möchte ich schwören, auf die Vierzig zu«, hatte Herr Schmeer ihm, als sie sich vor dem Café Greco versammelt hatten, zugeflüstert, und Müller-Lengsfeldt hatte abgewinkt, um zu zeigen, daß ihm dies gleichgültig war.

›Und jetzt gehen sie zusammen die Treppe hinauf‹, dachte Müller-Lengsfeldt und begann nochmals kräftig mit dem Pinsel zu hantieren, wohl in der Absicht, mit seiner Arbeit, ehe die Gruppe bei ihm eintraf, zu einem Ergebnis zu kommen.

Nachdem die anderen das Plateau erreicht hatten, blieb Frau Ziegler stehen, um Müller-Lengsfeldt mit dem himmelblauen Fähnchen ein Zeichen zu geben, und Herr Schmeer, dies war etwas, das Müller-Lengsfeldt befürchtet hatte, Herr Schmeer kam geradewegs auf ihn zu, nahm ihm den Zeichenblock aus der Hand, und er ließ es sich nicht nehmen, das noch farbfrische Aquarell herumzureichen.

»Das haben Sie gut gemacht!« rief er über die dreißig Schritte Abstand, die Müller-Lengsfeldt von der Gruppe trennten, hinweg. Dieser war damit beschäftigt, den Klappstuhl zusammenzulegen, die Malutensilien steckte er in die Hosentasche. »Das haben Sie gut gemacht!« wiederholte Herr Schmeer, und niemand konnte verhindern, daß er das Papier mit dem flüchtig hingetuschten Atrium der Vestalinnen zuletzt auch Frau Ziegler in die Hand drückte. Sie war sehr angetan.

»Regina will uns nochmals zum Circus Maximus führen«, sagte Herr Schmeer, und für Frau Ziegler, dies bemerkte Müller-Lengsfeldt sofort, schien das vertrauliche Du kein Problem zu sein.

›Natürlich‹, dachte Müller-Lengsfeldt, als die Gruppe wieder in Richtung Südwesten unterwegs war, ›natürlich‹, dachte er, ›was ist schon dabei. Man duzt sich eben heute schneller als früher.‹ Aber er ärgerte sich darüber, daß es ausgerechnet Herr Schmeer war, der diese Vertraulichkeit zum besten gab. Er selbst, Müller-Lengsfeldt, hätte durchaus Gefallen daran gefunden, jenes Gefühl von Distanz, das man Frau Ziegler bisher entgegengebracht hatte, auch für den Rest der Woche beizubehalten.

›Für den Rest der Woche‹, dachte Müller-Lengsfeldt. ›Heute haben wir Dienstag, und am Samstag, sowie wir das Gepäck am Flughafen abgegeben haben, ist alles vorbei.‹

Sie hatten den Weg über den Apollotempel und weiter mitten durch den Palast der Flavier eingeschlagen. In der Weitläufigkeit dieser Gemäuer verlor sich die Gruppe, um am Ende des Hippodroms erneut zusammenzufinden. Es entstand ein Gedränge, auch andere Touristen waren unterwegs. Frau Ziegler hob das Fähnchen, und wieder standen sie am äußersten Rand des Hügels und sahen über die Via dei Cerchi hinweg auf die langgestreckte Rennbahn. Die Hitze war derart, daß die Luft flimmerte. Man schwieg, hin und wieder ein Räuspern, und ehe Frau Ziegler, die ihr Notizbuch aus der Handtasche zog, dazu kam zu erklären, warum man nochmals hierher, ja, ausgerechnet in diese öde, von der Sonne verbrannte Gegend gekommen war, rief jemand:

»Der Wanderfalke!«

Und tatsächlich: Wie einmal schon, es war am Sonntag, dem vierten Tag seit ihrer Ankunft in Rom, sah man auch jetzt in der Mitte des Circus Maximus, auf jener Höhe, die mit Gras überwachsen war, einen großen Vogel. Träge ruderte er mit den Flügeln, um sich einige Meter weiter auf dem sandigen Boden niederzulassen. Aber er blieb unruhig und flog in einem Halbkreis auf den Palatin zu, um hinter den Baumkronen zu verschwinden.

## 4

Der Besuch in der Vatikanstadt war eine Katastrophe. Es begann damit, daß man einen Umweg über die Engelsburg nahm, hier mußte die Gruppe auf Nachzügler warten, und beim Überqueren der Via della Conciliazione wäre beinahe jemand unter ein Auto gekommen. Es war jene dickliche, zu klein geratene und ewig kurzatmige Bankangestellte, die man, da das Auto sie gestreift hatte, davon überzeugen mußte, daß ansonsten nichts geschehen war, und als man den Petersplatz betrat, wurde klar: Niemand hatte Lust, sich dem Gedränge vor dem Domportal anzuschließen. Herr Schmeer schlug vor, sofort in die Vatikanischen Museen zu gehen, und Müller-Lengsfeldt mußte erleben, daß nicht Frau Ziegler, sondern er, Herr Schmeer, das himmelblaue Fähnchen in der Hand hielt und daß er frech genug war, die Führung der Gruppe zu übernehmen. Viel zu schnell und ohne sich umzusehen, ging er die hohe Mauer, die nicht enden wollte, entlang. Auch Frau Ziegler hatte Mühe zu folgen. Hastig wurden die Billetts gelöst, und zwanzig Minuten später war man schon mitten im Geschehen, das heißt, die Gruppe war zerstreut und hoffnungslos eingekeilt. Es ging immer nur vorwärts. Die Zimmer, Korridore, Treppen konnten nur unter mühsamem Geschiebe überwunden werden, und vor dem Eingang der Sixtinischen Kapelle verlor Frau Ziegler das Buch, das sie in der Hand gehalten hatte.

Müller-Lengsfeldt sah ihr erschrockenes Gesicht und wie sie sich gegen den Strom der Nachdrängenden bemühte, die schmale Treppe wieder zurückzugelangen, und wie sie, sie hatte sich schon gebückt, um nach dem Buch, über das die anderen hinwegtraten, zu greifen, wie sie von einem Aufseher mit dem Hinweis, hier könne man sich nur vorwärts bewegen, daran gehindert wurde. Herr Schmeer war nirgends zu entdecken, und Frau Ziegler versuchte dem Aufseher verständlich zu machen, worum es ging. Zwecklos, sie wurde abgewiesen. Und während die beiden anfingen zu streiten, Frau Ziegler schob den Aufseher, der sie am Arm packen wollte, immer wieder von sich, während das Ganze also in Handgreiflichkeiten auszuarten drohte, stieß Müller-Lengsfeldt mit energischen Bewegungen einige japanische Touristen zur Seite, ging die vier, fünf

Stufen hinauf, griff nach dem Buch und hielt es triumphierend in die Höhe.

»Hier ist es!« rief er.

Frau Ziegler wollte sich, über die Köpfe der anderen hinweg, bedanken, wurde aber in die Sixtinische Kapelle abgedrängt. Müller-Lengsfeldt konnte, da der Raum hoffnungslos überfüllt war, nicht folgen, und so stand er für Minuten und während er das Buch, das am Rücken gebrochen war, zu glätten versuchte, ungeduldig vor dem schmalen Eingang und mußte warten.

Anderthalb Stunden später saß man in einer Trattoria, und Frau Ziegler bemerkte, daß ihre Bluse bei dem Gerangel mit dem Aufseher gerissen war. Jemand hatte Nadel und Faden bei sich, der Dreiangel über der Manschette wurde sorgfältig zugenäht, und Herr Schmeer, der den Vorfall leider versäumt hatte, er war in seinem Eifer allen anderen vorausgegangen, Herr Schmeer warf Müller-Lengsfeldt immer wieder Blicke zu. Offenbar wollte er ihn auffordern, das Buch, ja, das Buch, das die Ursache des Gerangels gewesen war, endlich zurückzugeben. Müller-Lengsfeldt dachte nicht daran. Vielmehr hatte er das Buch vor sich auf den Knien und begann darin zu blättern. Alle waren echauffiert, man war sich einig, daß der Besuch in den Museen eine Tortur gewesen war.

Sicher, die renovierten Fresken von Michelangelo waren beeindruckend. Aber was hatte dies alles mit Winckelmann zu tun?

»Die Vatikanische Bibliothek ist leider geschlossen«, sagte Frau Ziegler. »Aber wir haben immerhin den Apoll von Belvedere gesehen.«

Man aß das Touristenmenü und beschloß, danach ins Hotel zu gehen, um bis zum späten Nachmittag, bis die Hitze nachlassen würde, für einige Stunden zu ruhen.

Und so war es denn auch. Ab zwei Uhr herrschte Stille auf dem Korridor der Zimmer 106 bis 119. Die meisten hatten die Vorhänge zugezogen, und Müller-Lengsfeldt blätterte in dem Buch, das er für Frau Ziegler gerettet hatte. Es war eine Biographie über Winckelmann. Das Kapitel, das er las, gab Anlaß zu Vermutungen.

»Winckelmann spürte es das erste Mal«, hieß es da, »als er mit Georg August von Mecklenburg-Strelitz, dem Bruder der Königin Charlotte Sophie, zum Titusbogen ging. Es war Mitte März, die Sonne stand, so schien es ihm jedenfalls, ungewöhnlich hoch, und er kam von der Einbildung nicht los, der Puder des Prinzen würde sich, wenn sie den Schatten des Monuments nicht bald erreichten, mitsamt der Schminke ablösen und würde als nasse Spur Furchen in dessen Wangen ziehen, und er wollte sagen, wie sehr er dies dem Prinzen nicht wünschte. Als sie endlich unter den Bogen traten, zog er, statt den Fries zu erklären, wie es seine Aufgabe war, die Uhr hervor und meinte, indem er auf den Himmel wies, es sei viel zu früh, als daß die Sonne berechtigt wäre, ihren Lauf derart zu beschleunigen. Man hörte ihm zu, sah auf die Sonne, die über dem Kolosseum steil aufstieg, wußte aber nicht, was er meinte. Er wußte es selbst nicht, ließ es dabei bewenden, blieb aber irritiert über seine merkwürdige Anwandlung und vermied es, während er nun diese und jene Sehenswürdigkeit erläuterte, dem Prinzen von Mecklenburg-Strelitz ins Gesicht zu sehen.«

Dies las Müller-Lengsfeldt, und es kam ihm vor, als hätte er den Sinn dessen, was er gelesen hatte, nicht vollständig erfaßt.

Was spürte Winckelmann das erste Mal?

Müller-Lengsfeldt wollte Frau Ziegler um eine Erklärung bitten, vergaß es wieder, und nachdem man sich in der Vorhalle versammelt hatte, kam Frau Ziegler nochmals auf den Besuch in den Vatikanischen Museen zu sprechen, und besonders erwähnte sie die berühmte Skulptur.

»Es war vor allem der Apoll von Belvedere, der Winckelmann veranlaßt hat, vom erzieherischen Eindruck des Schönen zu sprechen«, sagte sie.

Und nun folgte ein kleiner Vortrag, in dem sie begründete, warum Winckelmann als Vorläufer des Klassizismus gelten durfte. Sie war, um sich besser Gehör zu verschaffen, aufgestanden, und je länger sie redete, desto anmutiger gestikulierte sie mit den Händen. Herr Schmeer, aber auch einige andere, machte sich Notizen, und nach einer Viertelstunde wußte man, daß die großen Werke des 5. und 4. vorchristlichen Jahrhunderts, die Skulpturen des Phidias, Polyklet und Praxiteles, aber eben besonders der Apoll von Belvedere im Betrachter mehr als einen unverbindlich angenehmen Eindruck erweckten.

»Man kann, davon war Winckelmann überzeugt«, sagte Frau Ziegler, »besonders bei jungen Menschen eine Begeisterung für das Schöne und Wahre auslösen.«

Sie setzte sich, trank ihren Kaffee, der inzwischen kalt geworden war, und besonders Herr Schmeer schien beeindruckt zu sein. Er flüsterte seinem Nachbarn etwas zu, dann steckte er die Notizen in die Jackentasche, nahm den Teller auf, ging zum Büffet, um sich nochmals einen Becher Joghurt zu holen. Müller-Lengsfeldt hatte keinen Appetit.

Wenig später war man wieder unterwegs, um den Palazzo Zuccari in der Nähe der Spanischen

Treppe zu besichtigen. Auch hier hatte Winckelmann Spuren hinterlassen. Es war, wie Frau Ziegler versicherte, sein erster fester Wohnsitz nach seiner Ankunft in Rom, und natürlich konnte sie, nachdem sie das Gebäude erreicht hatten, auf keine Gedenktafel verweisen. Überhaupt bedauerte man, daß es in dieser Stadt kaum offizielle Hinweise auf das Schaffen eines so bedeutenden Mannes gab.

Es begann zu regnen, niemand hatte einen Schirm bei sich, so daß sich alle in den Eingang mit der Nummer 30 drängten. Frau Ziegler hatte noch Zeit gehabt, auf die Köpfe der Fabelwesen hinzuweisen, die die Fassade schmückten. Jetzt, wo man in der Enge des Portals zusammenrückte, erfuhr man, daß der Palazzo um sechzehnhundert als Wohnhaus und Atelier eingerichtet worden war, daß hier auch die polnische Königswitwe Maria Kasimira gewohnt hatte, und heute war in dem obersten Stockwerk das Institut für kunstgeschichtliche Forschung der Max-Planck-Gesellschaft untergebracht.

Mehr gab es nicht zu sagen. Sie hätten noch den Treppenaufgang besichtigen können, und irgendwann, da der Regen immer stärker wurde, fühlten sie sich wie gefangen, konnten keinen Schritt in Richtung auf die Spanische Treppe tun, von wo man bei klarem Wetter einen wunderbaren Blick auf die Innenstadt hatte. So aber, bei den tiefhängenden Wolken, löste sich die Gruppe unter Zögern auf, indem alle entlang der Häuserwände vor der Nässe Schutz suchten. Man gab die Parole aus, sich, sowie der Regen nachließ, im Café Greco wieder zu versammeln.

»Ich wollte noch den Schirm mitnehmen«, sagte Herr Schmeer, der ein Taxi herbeiwinkte, und als es mit quietschenden Reifen vorfuhr, rannten alle auf die offene Wagentür zu. Vier oder fünf Personen drängten sich auf die Sitze, die anderen versuchten, bis das nächste Taxi anhielt, unter das Vordach der Villa Medici zu gelangen.

Im Café Greco rieb sich Herr Schmeer gutgelaunt die Hände und bestellte für alle, die es wollten, erst einmal einen Campari. Er zog seine Jacke aus, legte sie über die Stuhllehne, aber so, als hätte er ein nasses Wäschestück zum Trocknen aufgehängt. Die meisten folgten seinem Beispiel, und zuletzt war die Ecke, in der sie saßen, voller Unordnung, da man auch Taschen und Plastikbeutel auf die Kanten der Tische geschoben hatte.

Die Kellner grinsten, ließen es ruhig gelten. Man fing an Adressen auszutauschen, und Müller-Lengsfeldt fühlte sich unbehaglich, als er sah, wie selbstverständlich sich die anderen nähergekommen waren. Sicher, es war die etwas zu rasche Vertrautheit, wie sie auf Gruppenreisen üblich war. Man zeigte sich Fotos von Verwandten und Freunden, und Müller-Lengsfeldt fiel ein, daß er in seiner Brieftasche lediglich das Foto eines Yorkshireterriers bei sich trug, den er vor Jahren hatte einschläfern lassen.

5

In der Nacht darauf regnete es immer noch. Genauer: Ein heftiges Gewitter, das nach Westen in Richtung Meer abzog, um mit neuer Wucht zurückzukommen, erschütterte die Stadt. Müller-Lengsfeldt, der die Vorhänge an den Fenstern zurückgezogen hatte, konnte nicht schlafen. Ein fortwährendes Wetterleuchten zerrte an seinen Nerven, so daß er aufrecht im Bett saß, und als er die Nachttischlampe einschalten wollte, bemerkte er, daß der Strom ausgefallen war. Das Fenster ging nach Südosten hinaus, so daß der Regen, der vom Sturm gepeitscht wurde, die Scheiben kaum berührte. Aber Müller-Lengsfeldt sah, wie die Spitzen der Zypressen zurückgebogen wurden, und zwar so sehr, daß man befürchten mußte, sie könnten brechen. Irgendwann glaubte er Stimmen zu hören. Er stand auf, sah auf den Flur hinaus. Da war nichts, und doch kam es ihm vor, als hätte jemand, es war im Zimmer 106, die Tür hinter sich zugezogen. Und stand da nicht weiter links, gegen Ende des Flurs, eine andere Tür einen Spaltbreit offen?

›Es könnte das Zimmer 118 gewesen sein‹, dachte Müller-Lengsfeldt, als er wieder im Bett lag. ›118‹, dachte er, und ihm fiel ein, daß dies die Zimmernummer des Herrn Schmeer war.

Der Gedanke, daß jener, und mitten in der Nacht, auf dem Flur unterwegs sein könnte, war ihm unangenehm. Andererseits war das Hotel ohne Licht, und es wäre nur selbstverständlich gewesen, wenn Herr Schmeer irgend jemanden um eine Taschenlampe oder um eine Kerze hätte bitten wollen. Aber warum ausgerechnet Frau Ziegler, die im Zimmer 106 untergebracht war?

Sicher, noch war nichts entschieden, und es war durchaus möglich, daß er sich geirrt hatte. Vielleicht hatte an der Tür, von der er glaubte, man hätte sie hinter sich zugezogen, überhaupt niemand gerührt.

›Man bildet sich viel ein, wenn man bei Blitz und Donner aus dem Bett getrieben wird‹, dachte Müller-Lengsfeldt. Aber daß da eine Tür weiter links, am Ende des Flurs, einen Spaltbreit offenstand, dafür hätte er sich verbürgen können.

Am nächsten Tag war die Nässe, die der Regen hinterlassen hatte, verschwunden, das Thermometer kletterte auf 36 Grad, und Frau Ziegler überraschte mit dem Vorschlag, einige Grabanlagen zu besichtigen.

Sie wies ausdrücklich darauf hin, daß sich Winckelmann nicht nur in der Villa Albani oder in der Vatikanischen Bibliothek oder auf dem Forum Romanum aufgehalten hätte. Nein, er sei auch auf Friedhöfen unterwegs gewesen, um antike Denkmäler zu studieren. Streng genommen, erklärte sie, gäbe es gar keinen Unterschied zwischen einer Nekropole und einem Trümmerfeld. Beides seien Zeugnisse der Vergangenheit. Sie wüßte jetzt nicht zu sagen, auf welchem der Friedhöfe Winckelmann, um seine Studien zu machen, unterwegs gewesen sei, aber sie schlug vor, das Mausoleum der Cecilia Metella zu besuchen oder das Kolumbarium der Vigna Codini oder das Grab des Pomponius Hylas.

Sie stieß auf wenig Gegenliebe, erreichte es aber, daß über den Vorschlag abgestimmt wurde. Eine knappe Mehrheit war dafür, die anderen bestanden darauf, doch lieber in die Innenstadt zu gehen, um letzte Einkäufe zu machen.

Eine halbe Stunde später fuhr die kleine Gruppe, es waren, Müller-Lengsfeldt und Herr Schmeer eingerechnet, acht Personen, mit dem Bus der Linie 218 auf das Stadttor San Sebastiano zu, und nachdem man das Tor passiert hatte, ging die Fahrt rascher, als hätte es der Fahrer eilig, irgendwo hinzukommen, an einer kilometerlangen Mauer vorbei, hinter der die Villen reicher Filmstars lagen. Aber sie blieben versteckt. Außer hochaufragenden Zypressen und Pinien, das Unterholz bestand aus jungen Steineichen und Lorbeersträuchern, war da nichts zu sehen, und nach etwa anderthalb Kilometern endete der Asphalt, der Bus begann zu rütteln, so daß der Fahrer gezwungen war, langsamer zu fahren. Als er auf die Bremse trat, es gab einen Ruck, war man am Ziel.

»Le tombe!« rief der Fahrer und öffnete, indem er auf einen Knopf drückte, die Türen.

Umständlich stiegen alle aus, verblüfft darüber, daß man, eben noch in dem dichten Trubel der Großstadt, plötzlich inmitten eines öden Geländes angekommen war. Überall kniehohes Gras, hier und dort Steinhaufen oder überwucherte Mauerreste, und was besonders überraschte: Wo man sich eben noch über die Windstille und über die maßlose Hitze beschwert hatte, gab es nun Grund zum Aufatmen. Alles war unverstellt, irgendwie kühler, und es ging, wie über einer Steppe, von Nordwesten her ein sehr starker Wind.

Zunächst stand die kleine Gruppe dichtgedrängt auf dem antiken Pflaster, Frau Ziegler bildete die Spitze. Sie drückte den Strohhut gegen ihr Haar, immer gewärtig, daß er, sowie sie ihn losließ, ins Gelände fliegen würde.

»Wo sind die Gräber?« fragte jemand, und dies war das Signal, die Via Appia zu überqueren und auf das hüfthohe Gras zuzugehen, in dem ein Trampelpfad sichtbar wurde. Und nun, nachdem sie einige Schritte auf das Kolumbarium zugegangen waren, geschah es doch, daß Frau Ziegler ihren Hut verlor, und es fiel auf, daß nicht Herr Schmeer, sondern Müller-Lengsfeldt bemüht war, ihn wieder einzufangen. Es war schwierig, da der Wind das leichte Geflecht, kaum daß es den Boden berührt hatte, erneut anhob und mit sich fortriß, und da Müller-Lengsfeldt immer wieder ins Leere faßte und da die Distanz zu den anderen, je öfter dies geschah, immer größer wurde, fürchtete er, sich lächerlich zu machen. Seine Sorge war unbegründet. Als er, den Strohhut in der Hand, zurückkehrte, war die Gruppe bereits verschwunden, nur Herr Schmeer stand am Eingang der Treppe, die in die Tiefe führte. »Wollen Sie nicht mit?« fragte Müller-Lengsfeldt und wollte dem anderen den Vortritt lassen, aber Herr Schmeer, der an einem Kaugummi kaute, winkte ab.

»Mich interessieren diese Erdlöcher nicht«, sagte er verächtlich, »in denen man tote Dienstboten untergebracht hat. Übrigens«, fügte er hinzu, »ich weiß nicht, warum wir hier sind. Die Gräber wurden erst im vorigen Jahrhundert entdeckt, haben also mit Winckelmann nicht das Geringste zu tun.«

Das Grab des Pomponius Hylas, kein eigentliches Kolumbarium, die Anlage der Vigna Codini lag hundert Meter weiter südlich, das Grab, das die Gruppe betreten hatte, war der Familie eines Dienstboten des Kaisers Tiberius gewidmet. Eine von Muscheln eingefaßte Mosaikplatte im Treppenschacht, dessen achtundzwanzig Stufen zur Grabkammer hinabführten, wies darauf hin, daß Hylas ein Masseur des Kaisers gewesen war und daß er hier mit seiner Ehefrau Vitalinis seine letzte Ruhe gefunden hatte. Freilich war von den beiden nichts mehr zu sehen, aber die Bemalung der Stuckarchitektur, die Aufteilung der Wände durch Säulen, Pfeiler, Gesimse, Giebel und Rundbögen war imposant. Auch brannte genügend Licht, um das Apsisgewölbe, das mit zartem Rankenwerk bemalt war, zu betrachten. Da waren weibliche Gestalten mit Flügeln und aufgebauschten Gewändern, aber die Nischen, über denen sie schwebten, waren leer. Nur in der Mitte unter dem Giebel entdeckte man etwas Gefäßähnliches, und irgendwann, Herr Schmeer zeigte sich immer noch nicht, der Custode hielt sich im Treppenschacht auf, irgendwann bestanden die Frauen darauf, nicht mehr allzu lange hier unten, in dieser Enge, wo es kühl und feucht war, zu verweilen. Müller-Lengsfeldt fand endlich Gelegenheit, Frau Ziegler den Hut zu überreichen, und er bemerkte, während er auf ihren nackten Hals sah, daß sie ein herbes, beinahe maskulines Parfüm benutzte. Er rückte, in der Absicht, ihr den Vortritt aus der Grabkammer zu lassen, noch näher an sie heran, berührte sie am Ellbogen, wofür er sich entschuldigte. Sie aber lächelte, es schien ihr nicht unangenehm zu sein, und so gingen sie, Müller-Lengsfeldt war bemüht, die entstandene Nähe möglichst lange zu halten, die Stufen ins Freie hinauf, wo ihnen Herr Schmeer entgegentrat. Als Müller-Lengsfeldt dessen süßsaures Lächeln sah, glaubte er sicher zu sein, daß Frau Ziegler jenem dort, dem Breitschultrigen in der knallgelben Windjacke, keineswegs den Vorzug gab.

›Ich muß mich geirrt haben‹, dachte Müller-Lengsfeldt, und mit einer Miene, als hätte er unten etwas Aufregendes, ja, geradezu Sensationelles gesehen, riet er Herrn Schmeer, indem er ihm auf die Schulter klopfte, doch noch, solange der Custode anwesend war, die Grabkammer zu besichtigen.

Frau Ziegler erkundigte sich bei dem Custoden nach dem Kolumbarium. Er sah auf die Uhr, meinte, es sei Viertel nach zwölf und um die Mittagszeit seien die Anlagen geschlossen. Aber da sie nun einmal die Billetts gelöst hatten, erklärte er sich bereit, die Gruppe zur Anlage der Vigna Codini zu führen. Herr Schmeer erklärte, daß er es vorziehen würde, zur Bushaltestelle zu gehen, um dort im Schatten einer Pinie zu warten. Die übrigen, allen voran Müller-Lengsfeldt, folgten dem Custoden auf dem Trampelpfad weiter feldeinwärts, und nachdem man die Grabanlage erreicht hatte, nachdem der Custode das Eisengitter aufgeschlossen und das elektrische Licht eingeschaltet hatte, er trat zur Seite, um den anderen Platz zu machen, geschah etwas Unerwartetes. Frau Ziegler wies nochmals darauf hin, daß die Zeit drängte. Man zwängte sich durch den Eingang, wollte möglichst rasch die bröckligen Stufen hinuntersteigen, aber es kam nicht dazu.

Auf der untersten Stufe der Treppe, für alle sichtbar und ohne von dem Licht der Glühbirne, das auf ihn fiel, sonderlich beeindruckt zu sein, saß der Wanderfalke, der eine Amsel, oder war es eine Dohle, unter sich in den Krallen hielt. Überall waren Federn verstreut. Auf das leblose, nackte Fleisch hackte er mit dem Schnabel ein, und immer, wenn er etwas hinuntergewürgt hatte, sah er auf, als müsse er die Eindringlinge auf der Treppe im Auge behalten. Er wich nicht zur Seite, versuchte nicht zu fliehen, auch nicht, als jemand vor Überraschung aufschrie, und als Müller-Lengsfeldt glaubte, er könne, indem er ein paar Stufen näher trat, dem Tier imponieren, hob es die Flügel an. Dies genügte, um die anderen auf Distanz zu halten.

Daß es derselbe Vogel sein mußte, den sie auf dem Areal des Circus Maximus gesehen hatten, war allen irgendwie klar. Man rief nach dem Custoden. Umsonst, er ließ sich nicht blicken, und da weder Frau Ziegler noch Müller-Lengsfeldt die Courage hatten, den Vogel aufzuscheuchen, wie sollte er auch ins Freie gelangen, solange man auf der Treppe im Wege stand, da niemand wußte, wie man an ihm vorbei die Grabkammer, die hinter ihm lag, doch noch hätte besichtigen können, zog man sich zurück. Nur Müller-Lengsfeldt blieb einen Augenblick auf halber Höhe der Treppe stehen, als würde es ihm schwerfallen, dem Tier den Rücken zuzuwenden. Dann löschte der Custode das Licht, schloß das Eisengitter am Eingang, und wenig später stand die Gruppe, wie Herr Schmeer, an der Via Appia im Schatten der Pinie und wartete auf den Bus der Linie 218.

# 6

Herr Schmeer packte seinen Koffer, und Müller-Lengsfeldt stand, merkwürdig genug, in der offenen Tür. Er war plötzlich aufgetaucht, redete über dieses und jenes. Er schien etwas auf dem Herzen zu haben.

»Sie wollen länger in Rom bleiben?«

»Allerdings.«

Müller-Lengsfeldt erklärte, er hätte noch zwei Wochen Ferien und die kurze Zeit mit Frau Ziegler hätte ihm nicht genügend Aufschluß über Winckelmann gegeben. Er würde gern noch selbst, sozusagen auf eigene Faust, hier und dort recherchieren. Er rührte sich nicht von der Stelle, sah zu, wie penibel der andere seine Sachen ordnete, und irgendwann sagte Herr Schmeer: »Es gibt nichts mehr zu recherchieren. Im April 1768 hat Winckelmann Rom Hals über Kopf verlassen.«

»Verlassen?«

»Ja, er soll zuletzt verwirrt gewesen sein. Übrigens«, fügte Herr Schmeer hinzu, »das Buch, das Ihnen Frau Ziegler überlassen hat, gehört mir. Und falls Sie weiter darin lesen wollen, auf Seite 225 finden Sie einen Hinweis, wo und wann genau Winckelmann in Richtung Alpen aufgebrochen ist.«

Dies sagte er und in einem Ton, als würde er dem anderen ein Geheimnis anvertrauen.

Eine halbe Stunde später saß Müller-Lengsfeldt in seinem Zimmer und blätterte eifrig in dem Buch hin und her, aber wie gründlich er auch suchte, er fand den Hinweis nicht, den Herr Schmeer erwähnt hatte, und am Abend, als alle wieder im Speisesaal versammelt waren, unterließ er es, wohl um nicht albern zu erscheinen, nochmals danach zu fragen. Man war in Abschiedsstimmung, trank nicht nur Rotwein, sondern zuletzt mehrere Flaschen Prosecco. Unverkennbar, daß Herr Schmeer sich wieder an Frau Ziegler herangemacht hatte. Wie weit dies ging, wußte Müller-Lengsfeldt nicht zu sagen, mußte aber zusehen, wie er sie ungeniert umarmte.

›Dieser vierschrötige Kerl‹, dachte Müller-Lengsfeldt und spürte, wie unangenehm es ihm war, daß man der Reiseleiterin mit dieser Vertraulichkeit beinahe alle Autorität nahm.

Sie hatte, was ihr gut stand, eine Bluse mit hohem Kragen angezogen, dazu eine Perlenkette, die Arme waren frei, und ob sie eine Hose oder einen Rock trug, konnte Müller-Lengsfeldt, da sie, von ihm aus gesehen, hinter dem Tisch saß, nicht erkennen. Er prostete ihr zu, hielt sich aber ansonsten, was blieb ihm anderes übrig, zurück, und nachts, es war zwei Uhr, nachdem er endlich ins

Bett gefunden hatte, lag er lange wach. Er mußte an den Falken denken und wie dieser ihn, als er versucht hatte näher zu kommen, mit seitwärts gewandtem Kopf ansah und wie irritierend dieser Blick auf ihn gewirkt hatte.

›Eine andere Welt‹, dachte Müller-Lengsfeldt und war wieder abgelenkt. Er hörte Schritte auf dem Korridor. ›Sie sind immer noch unterwegs‹, dachte er, meinte auch das Räuspern des Herrn Schmeer zu hören. Gestern noch wäre er vermutlich aus dem Bett gesprungen, um an der Tür zu lauschen oder, indem er auf den Korridor hinaustrat, zu überprüfen, ob die Tür zum Zimmer 118 einen Spaltbreit offenstand.

›Sollen sie doch tun, was sie nicht lassen können. Ich habe andere Sorgen‹, dachte Müller-Lengsfeldt und schlief ein.

Als er am späten Vormittag aufwachte, bemerkte er, wie still es in dem Hotel war. Er wusch sich in aller Eile, und als er auf den Korridor hinaustrat, standen die Türen zu den Zimmern, in denen Frau Ziegler und die anderen untergebracht gewesen waren, sperrangelweit offen. Zwei Wagen mit Putzzeug und frischer Wäsche wurden herumgeschoben.

›Sie sind abgereist‹, dachte Müller-Lengsfeldt und beschloß, den Speisesaal zu meiden.

Er wollte sich den Anblick der leeren Tische und Stühle ersparen. Gestern noch hatte ihn der Entschluß, in Rom zu bleiben, beflügelt, jetzt hatte er Mühe, die plötzliche Abwesenheit der anderen nicht als Verlust zu deuten. Mißmutig ging er zur Rezeption, um nochmals sicherzustellen, daß er, wenigstens für die nächsten drei Tage, in seinem Zimmer bleiben konnte. Er war überrascht, als man ihm eine Nachricht aushändigte.

»Lieber Herr Müller-Lengsfeldt«, las er, »schade, daß wir uns nicht mehr gesehen haben. Ihr Rückflug ist nun leider verfallen. Und falls Sie wirklich wissen wollen, von wo aus Winckelmann zu seiner letzten Reise aufgebrochen ist: Ich vermute, es war die Via Margutta. Dort hatte Cavaceppi sein Atelier. Ich wünsche Ihnen alles Gute, Ihre Regina Ziegler.«

Eine Weile war Müller-Lengsfeldt versucht, an den wenigen Zeilen herumzudeuteln. War es eine Sympathieerklärung? Oder nur eine höfliche Floskel, um sich nochmals zu verabschieden? ›Etwas knapp und sehr sachlich‹, dachte Müller-Lengsfeldt. Andererseits gab es für Frau Ziegler keinen Grund, ihm etwas Vertrauliches zu schreiben. ›Immerhin‹, dachte er, ›war sie so freundlich, es war eine letzte Information, auf die Via Margutta zu verweisen.‹ Und daß dies auch nur auf Anregung von Herrn Schmeer geschehen sein konnte, ließ er unbeachtet.

›Wer war dieser Cavaceppi?‹ dachte Müller-Lengsfeldt, ging in sein Zimmer zurück, um das Buch des Herrn Schmeer zu holen, und später sah man, wie er, während er im englischen Teehaus nahe der Spanischen Treppe frühstückte, mit dem umfangreichen Register am Ende des Buches beschäftigt war.

Er fand zwei Anmerkungen: Auf Seite 199 wurde Bortolomeo Cavaceppi als römischer Bildhauer beschrieben, der sich auch als Restaurator einen Namen gemacht hatte, und im vorletzten Kapitel des Buches fand Müller-Lengsfeldt endlich jenen Hinweis des Herrn Schmeer, nämlich daß Cavaceppi in der Via Margutta gewohnt hatte und daß er am 10. April 1768 mit Winckelmann zu einer Reise aufgebrochen war. Als Müller-Lengsfeldt weiterblätterte, staunte er über die Ungereimtheiten, die auf den nächsten Seiten geschildert wurden.

›Was, um Gottes willen‹, dachte er, ›hat Winckelmann veranlaßt, erst über den Appenin nach Loreto zu reisen, dann im Zickzack über Bologna nach Venedig und zuletzt, sozusagen querfeldein, über die Poebene nach Trient! Und das bei den damaligen Bedingungen!‹

Er bedauerte, daß Frau Ziegler diese letzten Wochen im Leben Winckelmanns nie erwähnt hatte. Andererseits war es besonders feinfühlig von ihr, die Exkursion genau da enden zu lassen, wo sich seine Spuren im Privaten verloren. Und nie und nimmer hätte man die Reise mit all ihren Umständlichkeiten und Strapazen heute nachvollziehen können!

›Oder doch‹, dachte Müller-Lengsfeldt und beschloß, die Wegstrecke und die Stationen der ersten beiden Wochen zu notieren.

Wenig später stand er vor der Santa Trinità dei Monti. Er hatte den Stadtplan auseinandergefaltet und begann umständlich, ja, mühsam, er konnte die kleine Schrift kaum entziffern, nach der Via Margutta zu suchen. Schließlich entdeckte er, daß er sie unmittelbar zu seinen Füßen hatte. Die Spanische Treppe war wie immer überlaufen. Auf den ersten Stufen links und rechts fliegende Händler, die Lederwaren, gerahmte Aquarelle und anderen Nippes anboten. Er stolperte über Coca-Cola-Dosen, bog schließlich nach rechts in die Via del Babuino ein. Auch hier der übliche Touristentrubel, der an seinen Nerven zerrte, und nachdem er ein zweites Mal nach rechts abgebogen war, erreichte er die Via Margutta, die, überraschend genug, beinahe wie ausgestorben wirkte. Hier war es schattig und kühl. Zur Rechten sah man über den Dächern die von Pinien bestandene Anhöhe, die zur Villa Borghese führte.

›Es müßte doch, wenn Cavaceppi berühmt war, eine Gedenktafel geben‹, dachte Müller-Lengsfeldt.

Er fand allerlei Messingschilder mit Namen, die ihm Schall und Rauch waren, aber er fand auch, und zwar auf halber Höhe der Straße, etwas, das ihm zu denken gab. Sicher, die Platte aus Marmor war mehrmals gebrochen und die Inschrift vor Alter unleserlich geworden. Aber gerade dies war für Müller-Lengsfeldt ein Grund, zuversichtlich zu sein, und er beschloß, heute noch, am besten vor Einbruch der Dämmerung, seinen Klappstuhl zu holen, dazu die Malutensilien, um diesen Hauseingang wenigstens als kolorierte Skizze festzuhalten.

›Man weiß nie‹, dachte er, trat einige Schritte zurück, um einen Blick auf das Dach des Hauses zu werfen, und nun kam es ihm vor, als gäbe es dort oben besonders große Fenster.

›Es könnte ein Atelier gewesen sein‹, dachte Müller-Lengsfeldt, und am späten Nachmittag war er wieder zur Stelle. Er hatte den großen Zeichenblock mitgebracht, setzte sich auf den gegenüberliegenden Bürgersteig und war für einige Stunden beschäftigt.

Zunächst skizzierte er den Hauseingang, dann den obersten Stock mit den großen Fenstern. Es waren Versuche, die er verwarf. Er änderte den Blickwinkel, und nun war er bemüht, nicht nur den Hauseingang mit der verwitterten Marmortafel, sondern auch einen Teil der Straße mit aufs Papier zu bringen. Er war froh, daß die Straße abseits lag und daß er von den wenigen Passanten, die vorbeigingen, nicht beachtet wurde.

In sein Hotelzimmer zurückgekehrt, überprüfte er nochmals, was er so gewissenhaft gezeichnet hatte. Hier und da nahm er Retuschen vor, und zuletzt, obwohl er wissen mußte, daß er damit den Gesamteindruck zerstörte, malte er mit wenigen Strichen die Karikatur einer Reisekutsche in die rechte untere Ecke. Darüber schrieb er ein Winckelmann-Zitat, das er dem Buch des Herrn Schmeer entnommen hatte:

»Endlich wird die Ruhe kommen an dem Ort, wo wir uns zu sehen und zu genießen hoffen! Dahin will ich, wie ein leichter Fußgänger, so wie ich gekommen bin, aus der Welt gehen.«

# 7

Am nächsten Tag stand Müller-Lengsfeldt ein drittes Mal am Rande des Palatins. Er wußte jetzt, daß Winckelmann überanstrengt gewesen war, und besonders das Schreiben an den *Denkmälern*, einer Fleißarbeit, die er dem Kardinal Albani versprochen hatte, war ihm über den Kopf gewachsen, so daß er versucht hatte, sich zu zerstreuen. Er ging in die Oper, besuchte Maskenbälle, war immer in allerfeinster Gesellschaft. Ja, Müller-Lengsfeldt staunte, wie angesehen der Schulmeister aus Stendal im damaligen Rom gewesen war und daß er sogar dem Papst vor dem Einschlafen aus seinen Werken vorlesen durfte. Aber was ihn veranlaßt hatte, ebendiese Stadt, in der man ihn achtete und in der er seinen Ruhm erworben hatte, fluchtartig zu verlassen, darüber hatte Müller-Lengsfeldt nichts erfahren.

›Die Gegend hat es in sich‹, dachte er. Und wie Winckelmann sich darüber beschwert hatte, daß die Sonne über dem Titusbogen unzuverlässig war, so kam es ihm, Müller-Lengsfeldt, jetzt vor, als wäre es für die Tageszeit, ›es ist erst Viertel nach fünf‹, dachte er und sah auf die Armbanduhr, ungewöhnlich dämmrig.

In Richtung Westen, vom offenen Meer her, begann sich der Himmel einzufärben. Zunächst war da ein diffuses Grau, das allmählich ins Lila überging, und zuletzt schob sich eine blauschwarze Wand den Horizont hoch, die sich über die Stadt zu wölben begann. Ringsherum glitt alles ins Konturlose ab, nur auf den Circus Maximus fiel noch genügend Sonne. Es war ein zurückgenommenes, kaltes Licht, so daß das sandige Oval, die aufgeworfene Mitte, ja, sogar die Grasbüschel scharf umrissen und unnatürlich nahe wirkten.

›Nur der Falke fehlt‹, dachte Müller-Lengsfeldt. ›Schade‹, dachte er und spürte den Wunsch, den Vogel, und sei es im Kolumbarium, noch einmal aufzuspüren.

Als er im Bus der Linie 218 saß, als er das Tor San Sebastiano passiert hatte und in die Via Appia einbog, war da der gleiche unangenehme Wind, der schon der Gruppe um Frau Ziegler, ›es ist kaum zwei Tage her‹, dachte Müller-Lengsfeldt, zu schaffen gemacht hatte. Unentschlossen betrat er den Trampelpfad, der zum Kolumbarium der Vigna Codini führte.

›Wie albern‹, dachte Müller-Lengsfeldt, ›nochmals hierherzufahren, nur um einen Vogel wiederzusehen. Einen Vogel‹, dachte er, ›der längst über alle Berge ist!‹

Und nun hielt er es für überflüssig, den Custoden zu suchen oder zu überprüfen, ob die Anlage überhaupt geöffnet war. Er ging zur Bushaltestelle, mußte lange warten, und nachdem er ins Hotel zurückgekehrt war, überlegte er, ob und wie er sich Cavaceppis Reisejournal beschaffen könnte, denn die spärlichen Informationen aus dem Buch des Herrn Schmeer reichten nicht aus, um in Loreto oder Trient oder Regensburg auf den Spuren Winckelmanns zu bleiben. Dies wollte er herausfinden, und er hatte die Hoffnung, mit Frau Ziegler darüber zu reden.

›Wer weiß‹, dachte er. ›Vielleicht kann sie mir, was ich dringend brauche, per Eilpost zuschicken.‹

Den Nachmittag verbrachte er am Telefon. Es war schwierig, die neue Adresse des Reiseveranstalters zu erfahren. Was da auf dem Prospekt abgedruckt war, half ihm nicht weiter, und nachdem die Verbindung mit dem Berliner Büro zustande gekommen war, dauerte es endlos, bis man begriff, daß er lediglich die private Telefonnummer von Frau Ziegler erfahren wollte. Müller-Lengsfeldt hatte einen Entschluß gefaßt, genauer: Er wollte Frau Ziegler davon überzeugen, daß es sich lohnen würde, die nächste Exkursion auf Winckelmanns Spuren über Rom hinaus zu verlängern. Ihm selbst wäre jetzt erst aufgefallen, wie spannend und aufschlußreich eine Reise von Loreto über München und Wien nach Triest sein könne. Dies wäre auch für den Veranstalter lukrativer als das mühselige Auf und Ab in der Innenstadt Roms, wollte er sagen. Und er wollte darauf hinweisen, daß es offenbar eine Art Tagebuch von Cavaceppi über den Ablauf der Reise gab. Er war voller Mitteilungsdrang, wollte diese Anregung sofort und mit überzeugenden Argumenten weitergeben. Nochmals rief er das Büro an, ließ sich bestätigen, daß Frau Ziegler erst in drei Wochen die nächste Reise betreuen würde.

›Sie muß also in Berlin sein‹, dachte Müller-Lengsfeldt.

Er blätterte in seinem Taschenkalender, überprüfte, wieviel Zeit ihm noch blieb, bis er wieder zum Unterricht erscheinen mußte. Winckelmann, dies hatte er notiert, war über sechs Wochen, vom 10. April bis zum 1. Juni, unterwegs gewesen.

›Mir bleiben neun Tage, das reicht‹, dachte Müller-Lengsfeldt, nahm den Hörer ab und wählte die Privatnummer der Frau Ziegler.

Was folgte, war für Müller-Lengsfeldt unerwartet. Zuerst hörte er ihre Stimme, so sanft und freundlich, wie er sie in Erinnerung hatte, dann war da ein kurzer Piepton und danach nichts mehr.

›Der Anrufbeantworter‹, dachte Müller-Lengsfeldt. Ein kurzer Gruß und die Bitte um Rückruf hätten genügt, um den Hörer wieder aufzulegen. Statt dessen stand er für Augenblicke da und lauschte, als wäre an dem Schweigen etwas, das er keinesfalls versäumen durfte. Er begann seinen Koffer zu packen. Die Wäsche legte er nach unten, Schuhe, Socken, Malutensilien verteilte er auf die Hohlräume, die Hemden und Pullover legte er, ordentlich zusammengefaltet, als letztes obenauf, und als er im Bad war, um den Rasierapparat zu holen, klopfte es an der Tür. Es war jemand von der Rezeption, der ihn fragte, ob er vergessen hätte, den Telefonhörer aufzulegen. Und tatsächlich: Er lag auf dem Kopfkissen, die Schnur hing mitten im Raum, und es war für Müller-Lengsfeldt völlig unverständlich, warum er dies, obwohl sie beim Packen im Weg war, nicht bemerkt hatte.

Am Abend hatte er Lust, noch einmal gut zu essen. Er suchte sich den kleinen Tisch in der Nähe des Tresens aus, und bestellte einen Aperitif. Dann aß er Carpaccio vom Lachs, die Pasta ließ er aus, als Hauptgericht bestellte er Lammnüßchen mit Brokkoli. Die Flasche Chianti wollte er nicht zurückgehen lassen, und so trank er den Rest, es war ein guter Viertelliter, in wenigen Zügen leer. Er zahlte, überlegte, ob er zum Abschluß etwas rauchen und einen Grappa trinken sollte, aber er ließ es sein, und als er im zweiten Stock war und den Korridor entlangging, glaubte er zu erkennen, daß weiter hinten die Tür zum Zimmer 118 lediglich angelehnt war. Er sah den Lichtschein über der Schwelle.

›Unsinn‹, dachte Müller-Lengsfeldt noch, während er in seinem Zimmer den Koffer zur Seite stellte, die Fenster öffnete, um frische Luft hereinzulassen. ›Unsinn‹, dachte er. ›Vielleicht sollte ich vor dem Einschlafen eine Runde um den Häuserblock gehen.‹

Aber er hatte schon die Schuhe ausgezogen und legte sich, so wie er war, in Hose und Jackett, aufs Bett und begann in dem Buch des Herrn Schmeer zu blättern. Dabei fiel ihm der Zettel in die Hände, den er als Lesezeichen benutzt hatte. Es waren die Abfahrtszeiten der Züge nach Terni sowie alle Informationen für die Weiterfahrt in Richtung Ancona. Er hatte sich noch nicht entschieden, wann und ob er überhaupt fahren wollte.

›Nicht zu früh‹, dachte er, spürte, wie übermächtig die Wirkung des Weins war und wie schwer es ihm fiel, die Augen offenzuhalten.

Er schlief ein, und kurz nach ein Uhr nachts kam er wieder zu sich. Er hatte das Bett verlassen und wußte nicht zu sagen, ob er lediglich schlaftrunken zwischen Bad und Zimmer umhergeirrt war oder ob er geträumt hatte. Deutlich und unabweisbar erinnerte er sich daran, daß er eben noch vor dem Zimmer 118 gewesen war und daß er nach einem kurzen Zögern die angelehnte Tür aufgestoßen hatte, und kaum, er sah es noch deutlich vor sich, hatte er dies getan, stand er dem Bruder der Königin Charlotte Sophie gegenüber, dessen Namen ihm entfallen war, und er, Müller-Lengsfeldt, war in Sorge, der Puder des Prinzen würde sich, wenn er die Tür nicht sofort wieder schloß, mitsamt der Schminke ablösen und würde als nasse Spur Furchen in dessen Wangen ziehen, und er wollte sagen, wie sehr er dies dem Prinzen nicht wünschte.

›Oder war es Herr Schmeer‹, dachte Müller-Lengsfeldt, ging ins Bad, trank kaltes Wasser, um das Durcheinander in seinem Hirn loszuwerden.

Als er am Morgen mit dem Koffer und einer Plastiktüte auf den Korridor hinaustrat, warf er einen Blick in Richtung auf das Zimmer 118, das verschlossen war, und als er an der Rezeption stand, um die Rechnung zu bezahlen, suchte er auf dem Schlüsselbrett nach dem Beweis, daß er tatsächlich nur geträumt hatte.

»La camera numero centodiciotto è occupata?« fragte er.

»No«, antwortete der Portier. »Dopodomani.«

»Verstehe«, murmelte Müller-Lengsfeldt.

Zwanzig Minuten später saß er in einem Taxi und fuhr zum Hauptbahnhof.

## 8

»Wer im Rom des achtzehnten Jahrhunderts sein Glück machen wollte, der mußte über besondere Fähigkeiten verfügen. Er mußte«, schrieb Casanova, »ein Chamäleon sein, das sich an alle Farben, die das Licht auf seine Umgebung wirft, anzupassen wußte. Er mußte niederträchtig sein können und doch einen ehrlichen Eindruck hinterlassen. Er mußte Geduld üben und seinen Gesichtsausdruck beherrschen. Er mußte sich eiskalt geben können, wenn er lieber Feuer und Flamme gewesen wäre, und hatte er keine Religion, mußte er sie behaupten.«

Für Winckelmann schien dies offenbar kein Problem gewesen zu sein. »Superavi te, fortuna«, schrieb er an Bianconi. Er hatte immerhin die Vierzig überschritten. Er klagte über Haarausfall, konnte ohne Brille nicht mehr lesen. Aber er hatte sich ansonsten gut gehalten und versuchte, durch genügend Schlaf und gesundes Essen seine geistige Spannkraft nicht zu verlieren. Zunächst war seine Unabhängigkeit durch Archinto gefährdet. Archinto, der Winckelmann als Nuntius am sächsischen Hof zum Konfessionswechsel und damit zur Karriere verholfen hatte und der dann zum Kardinal und Gouverneur der Stadt Rom ernannt worden war, Archinto bestand darauf, daß Winckelmann für ihn Bibliothekardienste leisten sollte. Winckelmann weigerte sich und streute nach einer Privataudienz, die ihm Benedikt der Vierzehnte gewährt hatte, das Gerücht aus, der Papst hätte ihm den Fußkuß erlassen, eine besondere Gunst, die ihn in den Augen der römischen Gesellschaft aufwertete. Und nun bot er, keine hundert Scudi in der Tasche, Archinto seine Dienste als Gefälligkeit an, bat sich aber in dessen Amtssitz, der Cancelleria, eine Fünf-Zimmer-Wohnung aus. Mit einem bequemen Bett, versteht sich, und so kam er, wenn schon nicht zu genügend Geld, so doch zu seinem ersten bedeutenden Titel: »Bibliothekar seiner Eminenz des Kardinal-Staatssekretärs.«

›Donnerwetter‹, dachte Müller-Lengsfeldt und amüsierte sich bei der Vorstellung, er würde seinem Direktor das nächste Gehalt vor die Füße werfen, mit der Aufforderung, ihn zum Oberstudienrat zu ernennen. ›Mit dem Anspruch auf eine angemessene Wohnung‹, dachte Müller-Lengsfeldt und biß kräftig in sein Käsebrötchen.

Für Augenblicke überlegte er, ob es besser gewesen wäre, statt nach Loreto nach Neapel zu fahren. Auch hier wäre er auf Winckelmanns Spuren geblieben. Zweimal hatte Winckelmann die Gegend um Herculaneum und Pompeji aufgesucht. Das erste Mal war er bis Paestum gereist, und er hatte sich über den kühlen Empfang bei Hofe beschwert. Er war immerhin ein Gast aus Dresden, dem Geburtsort der Königin, aber der gelehrte Klüngel hatte ihm die kalte Schulter gezeigt. Die zweite Reise unternahm er im Frühjahr 1762 in Gesellschaft des jungen Grafen von Brühl, und nun beschwerte er sich über die Schatzgräberei in Pompeji und sah ein, wie notwendig es war, wissenschaftliche Archäologie zu betreiben.

Dies alles fand Müller-Lengsfeldt interessant. Er machte sich Notizen, legte das Buch in den Koffer zurück. Bis Terni hatte er kaum aus dem Fenster gesehen. Jetzt, da der Zug den Apennin überquerte, ließ er keinen Blick von der Landschaft, und er erinnerte sich daran, daß er schon einmal in der Gegend von Spoleto gewesen war, bis hinauf in die Sibyllinischen Berge. Dort hatte es kleine Ortschaften gegeben, oft nur zwei, drei Häuser mit einem Kirchturm, so hoch, so einsam und doch dem Himmel, unter dem sie verloren wirkten, so nah, daß der Anblick etwas Tröstendes hatte. Dies war ihm nicht entgangen, und er achtete darauf, ob er jetzt, während dieser Fahrt, etwas Ähnliches zu sehen bekommen würde. Aber der ewige Wechsel zwischen Hell und Dunkel, der Zug passierte kilometerlange Tunnel, verwischte jedesmal den Eindruck, den er von der Landschaft hatte, so daß er irgendwann, um nicht nervös zu werden, die Augen schloß. Als er Foligno hinter sich gelassen hatte, fiel ihm auf, daß der Zug überfüllt war. Er hatte Mühe, den Gang zu passieren. Man saß auf Rucksäcken oder kauerte auf dem Boden. Er beschloß, sowie sich der Zug Loreto nähern würde, rechtzeitig mit dem Gepäck am Ausgang zu sein. Aber als er sich erhob, um Koffer und Plastiktüte aus dem Netz zu heben, entstand ein allgemeines Gedränge. Nicht nur er, die meisten in seinem Abteil hatten offenbar die Absicht auszusteigen.

»Santa casa«, las Müller-Lengsfeldt auf einem Plakat, das man auf dem Bahnsteig ausgehängt hatte.

Er wurde über eine Treppe mit fortgerissen, und als er den Platz vor dem Bahnhof erreicht hatte, sah er überall Busse. Es dauerte eine Weile, ehe Müller-Lengsfeldt erfuhr, daß Loreto ein bedeutender Marienwallfahrtsort war und daß keinerlei Aussicht bestand, ein Hotelzimmer zu bekommen. Er fühlte sich unbehaglich, mußte sich eingestehen, daß er hier, auf Winckelmanns erster

Reisestation, keinen Touristenrummel erwartet hatte, und er war auch nicht neugierig, die ausgestellte Sensation zu sehen. Er studierte ein Faltblatt, das überall herumlag: »Das heilige Haus von Nazareth« sollte am 7. September 1295 von Engeln nach Loreto gebracht worden sein, und er kannte dergleichen Pilgerstätten, die man nachträglich mit einer Basilika überbaut hatte.

›Nie und nimmer‹, dachte er, ›will ich eine ähnliche Geschmacklosigkeit wie in Assisi sehen.‹ Und er meinte damit die Kapelle des Heiligen Franz unter der erdrückenden Kuppel der Santa Maria degli Angeli.

Als ihm dies klarwurde, war es eine Frage von Minuten, bis er sich nach dem nächsten Zug in Richtung Norden erkundigt hatte. Ja, er nahm sich nicht einmal Zeit, in der Bahnhofsbar etwas Erfrischendes zu trinken. Er blieb, wie er war, Plastiktüte und Koffer zwischen die Beine geklemmt, auf dem Bahnsteig stehen und wartete. Er hatte Glück. Eine Dreiviertelstunde später saß er in einem leeren Abteil und fuhr an der Adriaküste entlang bis Ancona, dann weiter bis in die Emilia Romagna, und um zehn Uhr abends, endlich, erreichte er Bologna.

# 9

Natürlich bereute Müller-Lengsfeldt, daß er Loreto Hals über Kopf verlassen hatte, ohne sich zu erkundigen, wo Winckelmann untergekommen war. Andererseits hätte er sich lächerlich gemacht, und ohne Cavaceppis Tagebuch würde es ihm auch hier, in Bologna, unmöglich sein, auf Winckelmanns Spuren zu bleiben. Kaum war er in einem großen Hotel in der Nähe des Bahnhofs abgestiegen, griff er zum Telefonhörer, um Frau Ziegler anzurufen. Der kurze Piepton war ihm nun keine Schwierigkeit mehr. Über zehn Minuten hinweg schilderte er seine Eindrücke auf der Fahrt nach Loreto, und er nannte die Gründe, die ihn veranlaßt hatten, sofort nach Bologna weiterzufahren. Auch habe er vor, seine Unternehmung abzukürzen. Venedig sei um diese Zeit zu überlaufen und soviel hätte er dem Buch des Herrn Schmeer entnommen: Erst in Trient hatten Cavaceppi und Winckelmann eine mehrtägige Pause eingelegt. Dies alles diktierte er Frau Ziegler auf Band, und zwei Stunden später, als er in einem Reisebüro ein Hotelzimmer in Trient gebucht hatte, griff er nochmals zum Telefonhörer, um Frau Ziegler zu bitten, ihm, falls es nicht zu viel verlangt wäre, Cavaceppis Tagebuch an die Trienter Adresse zu schicken.

»Ich werde dort zwei oder drei Tage bleiben«, sagte er, »also vom zehnten bis dreizehnten August, und die Auslagen für die Eilpost erstatte ich Ihnen, sobald mir dies möglich sein wird, zurück.«

Die Fahrt nach Trient dauerte vier Stunden. Hier, am Fuße der Alpen, schien Winckelmann noch einigermaßen ruhig gewesen zu sein. Zumindest wurde in dem Buch des Herrn Schmeer sein überfallartiger Stimmungswechsel erst nach dem Verlassen der Stadt erwähnt, dann aber begann, so wurde Cavaceppi zitiert, una aversione incredibile, die Winckelmann nicht mehr losließ, und sie betraf den kulturlosen Südtiroler Baustil.

›Ja‹, dachte Müller-Lengsfeldt, ›nach den schönen Palazzi, den Zedern und den Zypressen wirken die Holzhäuser mit ihren geteerten Dächern geradezu trostlos.‹

Er mußte feststellen, daß das Hotel, das man ihm empfohlen hatte, an einer belebten Straße lag und daß die Fenster undicht waren. Auch entdeckte er, als er an der Rezeption das Formular ausfüllte, kein Schlüsselfach, und als er fragte, ob Post für ihn angekommen sei, war es ihm unangenehm, daß die Angestellte in einem Nebenzimmer verschwand, wo sie offenbar herumzukramen begann.

›Hier bleibe ich nicht‹, dachte er und gestand

sich ein, daß es albern gewesen war, jetzt Post zu erwarten.

Am nächsten Morgen war er, um seine Ungeduld zu überwinden, im historischen Zentrum unterwegs, und er suchte nach einem Hotel, von dem er annehmen durfte, er würde sich dort ähnlich wohl fühlen wie in dem Nordland-Hotel am linken Tiberufer. Vier-, fünfmal wurde er abgewiesen. Man war höflich, gab ihm zu verstehen, daß um diese Jahreszeit alles hoffnungslos ausgebucht sei. Lustlos besichtigte er den Domplatz, und als er in sein Zimmer zurückkehrte, fand er immer noch keine Nachricht von Frau Ziegler vor.

›Heute ist der elfte, bis zum dreizehnten kann die Post immer noch eintreffen‹, dachte Müller-Lengsfeldt und beschloß, die nächsten beiden Tage zu nutzen, um dem plötzlichen Stimmungswechsel Winckelmanns auf die Spur zu kommen.

Er wußte, daß es zwischen Winckelmann und seinem Reisegefährten zu Reibereien gekommen war und daß Cavaceppi dem Bewunderer römischer Architektur wie einem Kind auseinandersetzen mußte, daß es notwendig war, in dieser Gegend, in der im Winter der Schnee meterdick fiel, die Dächer der Häuser möglichst spitz zu halten.

»Bleich und zitternd und verstört, mit Augen, die so leer blickten wie die eines Toten«, berichtete Cavaceppi, so wollte Winckelmann in die Cancelleria nach Rom zurück.

›Auch diese Gegend scheint es in sich zu haben‹, dachte Müller-Lengsfeldt, und er beschloß, nochmals zum Domplatz zu gehen. ›Wer weiß‹, dachte er, ›vielleicht bieten sie dort Rundfahrten mit einer Pferdekutsche an.‹

Er hatte keinen Erfolg, sah aber, daß Linienbusse entlang der Etsch in Richtung Mezzocorona fuhren. Dies kam seiner Absicht entgegen, also stieg er ein. Er löste eine Fahrkarte bis San Michele und zurück und fühlte sich bestätigt. Der Bus benutzte nicht die Autobahn, sondern die alte Landstraße, und Müller-Lengsfeldt war entzückt, wie langsam er fuhr und wie umständlich er in die kleinen Ortschaften abbog, um dort zu halten. Der Anblick der Berge war überwältigend. Zugegeben: Zur Rechten ragten die Felswände zu dicht, irgendwie einschüchternd auf, aber zur Linken wirkte alles wie abgerückt, und der Blick hatte genügend Weite. Man konnte über die zerklüfteten Kammlagen hinweg bis in den Himmel sehen. Es war das südliche Blau, das Müller-Lengsfeldt hundert-, nein, tausendmal bewundert hatte und das ihn auch jetzt und besonders aus der Enge des Heckfensters heraus, allein, indem er es wahrnahm, heiter und zuversichtlich stimmte.

›Wie kann man hier miesepetrig sein‹, dachte er. ›Sogar Falken gibt es im Überfluß.‹

Oder waren es Alpendohlen, die dort oben kreisten? Irgendwann weitete sich das Tal, die Hänge wurden weniger steil, man sah weiße, marmorähnliche Felsbrocken, und jedesmal, wenn der Bus in einer Ortschaft hielt, bemühte sich Müller-Lengsfeldt, über die Reinlichkeit der Häuser und Vorgärten hinwegzusehen.

›Damals‹, dachte er, ›war sicher alles ärmlich, verkommen und spärlich besiedelt. Aber das kann kein Grund für Winckelmanns Verzweiflung gewesen sein. An der Schönheit der Landschaft hat sich nichts geändert‹, dachte er, und als er San Michele erreichte, war er guter Stimmung wie lange nicht mehr.

Er ließ sich Zeit, aß erst einmal zu Mittag, dann ging er spazieren, und er beschloß, nicht vor Einbruch der Dämmerung nach Trient zurückzufahren.

›Vielleicht ändert sich einiges, wenn die Schatten kommen‹, dachte Müller-Lengsfeldt und schlenderte in den Ort zurück. Im Norden, oder war es Nordwesten, sah man die Weinberge, und nachdem die Sonne untergegangen war, hatte Müller-Lengsfeldt endlich jene Schatten vor Augen, auf die er wartete. Der Himmel war noch hell, aber die Berge wirkten wie Scherenschnitte, und das Wasser der Etsch, das eben noch geglitzert hatte, war vom Ufer kaum noch zu unterscheiden.

›Hier müßte man Urlaub machen‹, dachte Müller-Lengsfeldt, und als er auf der Rückfahrt war, sah er, wie der Mond die Etsch wieder gegenwärtig machte.

Vor dem Schlafengehen trank er, sozusagen um seine Stimmung ausklingen zu lassen, einige Gläser Rotwein, und er überlegte, ob er am nächsten Tag bis München oder gleich bis Regensburg weiterfahren sollte. In München schien nichts Wichtiges vorgefallen zu sein, außer daß Winckelmann darauf gedrängt hatte, die Stadt wieder zu verlassen. Nicht in Richtung Rom, versteht sich, das hatte Cavaceppi verhindern können. Sie wollten nach Dresden, in wessen Auftrag, konnte Müller-Lengsfeld nicht herausfinden, aber in Regensburg wollte Winckelmann die Reise abbrechen.

›Dann wäre es richtig‹, dachte Müller-Lengsfeldt, ›wenn ich bis nach Regensburg weiterfahre‹, und schlief ein.

Als er erwachte, schien die Sonne ins Zimmer. Es war bereits Viertel vor elf. Flüchtig wusch er sich, der Koffer war rasch geschlossen. Er fragte nach der Post, die Angestellte zuckte mit den Schultern.

›Auch gut‹, dachte Müller-Lengsfeldt.

Um nach München zu gelangen, mußte er zuerst mit dem Locale nach Bozen fahren, dort hatte er Anschluß zum Brennerexpreß. Wieder ließ er sich Zeit, bummelte, bevor er den Bahnhof erreichte, über den Marktplatz. Er kaufte ein großes Stück Parmesankäse, das er als Geschenk verpakken ließ. War es für Frau Ziegler bestimmt? Darüber machte er sich keine Gedanken, und auf dem Bahnhof wurde er keineswegs ungeduldig, als er am Schalter warten mußte. Er sah auf die Uhr. Der Locale ging in zehn Minuten. Kurz bevor die Türen geschlossen wurden, stieg er ein, und obwohl die meisten Abteile leer waren, setzte sich Müller-Lengsfeldt und ohne daß er dafür einen Grund geltend machen konnte, in ein volles Raucherabteil. Ja, er, der sonst jeden Zigarettenqualm mied, nahm es ruhig hin, daß ihm dicke Schwaden am Gesicht vorbeizogen. Niemand machte Anstalten, das Fenster zu öffnen, und Müller-Lengsfeldt betrachtete nochmals die Gegend, durch die er gestern mit dem Bus gefahren war.

›Zwecklos‹, dachte er. ›Es ist mir nicht möglich, in dieser Kulisse etwas Verhängnisvolles zu entdecken.‹

Und während er dies dachte, schob sich ein Schatten von rechts her vor die Scheibe des Abteils. Die Tür wurde geöffnet: »I biglietti per favore!« Und schon spürte Müller-Lengsfeldt, daß jener, dem er seine Fahrkarte hinhielt, etwas zu dicht vor ihm stand. Irgend etwas schien nicht in Ordnung zu sein. Vielleicht war die Fahrkarte nicht entwertet. Müller-Lengsfeldt hatte vergessen, sie vor Antritt der Reise in einen der gelben Automaten zu schieben, so daß der andere gezwungen war, die fehlenden Daten mit der Hand nachzuschreiben. Dies war ärgerlich, zugegeben, aber es reichte nicht aus zu erklären, warum der Schaffner, nachdem er ihm, Müller-Lengsfeldt, die Karte zurückgegeben hatte, immer noch und in aufdringlicher Weise stehenblieb. Ja, merkte er nicht, daß er dem Fahrgast die Diensttasche, die er an einem Riemen trug, ununterbrochen gegen die Brust drückte!

Müller-Lengsfeldt spürte, wie ihm heiß wurde. Dann ein Gefühl von Enge, so daß er den Hemdkragen aufriß. Und da war noch etwas, keine körperlichen Beschwerden, eher etwas Abstraktes, irgendwie Diffuses, das völlig unerwartet in ihm hochstieg, nein, hochsprang und ihm den Atem nahm. ›Was ist das‹, dachte Müller-Lengsfeldt.

Der Schaffner wandte sich ab und verließ das Abteil.

## 10

In Regensburg, wo Müller-Lengsfeldt übernachtete, war nichts Besonderes vorgefallen, aber in Wien erreichte ihn ein Schreiben per Fax.

»Lieber Herr Müller-Lengsfeldt«, stand da in verwischter, etwas unleserlicher Schrift, »ich soll Sie von Frau Ziegler grüßen. Sie läßt Ihnen sagen, daß sie leider nicht dazu gekommen ist, sich um Cavaceppis Tagebuch zu kümmern. Und ist es wirklich nötig, in Winckelmanns Ende herumzustochern? Das ist doch unerfreulich. Wenn Sie sich da nur nicht in etwas hineinsteigern! Wir machen uns Sorgen. Aber Sie hatten ja schon in Rom etwas andere Ansichten. Falls Sie also tatsächlich nach Triest weiterreisen wollen und falls Sie Rat oder Hilfe brauchen, rufen Sie ruhig bei Frau Ziegler an. Hier ist auch meine Telefonnummer: 8612438. Ich grüße Sie freundlich! W. H. Schmeer.«

Müller-Lengsfeldt traute seinen Augen nicht. Wie hatte dieser Mensch, den er zu vergessen wünschte, wie hatte Herr Schmeer, von dem er nun wußte, daß er für seinen Vornamen die Buchstaben W. H. benutzte, wie hatte er seine Wiener Adresse herausgefunden! Und dann die Herablassung, mit der er vorgab, sich Sorgen zu machen!

Müller-Lengsfeldt überlegte, ob er zurückfaxen

und erklären sollte, daß sein Entschluß, Winckelmanns letzte Reise nachzuerleben, schließlich auch als Kritik gemeint war. Als Kritik an der Harmlosigkeit, mit der Frau Ziegler die Gruppe zu dieser und jener Sehenswürdigkeit geführt hatte. Anstatt herauszufinden, warum Winckelmann Rom so plötzlich, sozusagen Hals über Kopf und mit allen Anzeichen einer Nervenkrise, verlassen hatte, war man lieber nach Berlin zurückgeflogen.

›Nach Berlin‹, dachte Müller-Lengsfeldt. ›Nie würde es mir einfallen, jetzt, ja, ausgerechnet jetzt, die Segel zu streichen, wo es darauf ankommt, das Hospital wiederzufinden, in dem Winckelmann gezwungen war, sich einige Tage aufzuhalten.‹

Am nächsten Vormittag war er unterwegs, und zunächst bemühte er sich darum, ein Informationszentrum zu finden, in dem mehr als nur touristische Allgemeinplätze wie etwa die Besichtigung von Schloß Schönbrunn oder eine Führung durch den Stephansdom angeboten wurden. Energisch machte er seinen besonderen Wunsch geltend. Man schickte ihn hierhin und dorthin. Zuletzt landete er bei einer Behörde, die ihm zu verstehen gab, daß Winckelmann sich allerdings in Wien aufgehalten hätte. Aber deswegen sei die Stadt nicht verpflichtet, irgendwelche Spuren vorzuweisen. Ja, wie sollte man nach zweihundertfünfzig Jahren noch wissen, in welchem Hospital der Mann gelegen hat! Man gab ihm mehrere Adressen, Müller-Lengsfeldt war entschlossen, sie zu nutzen, und kaum war er wieder auf der Straße, winkte er ein Taxi herbei.

Er ließ sich in die Spitalgasse zum Allgemeinen Krankenhaus fahren. Der Chauffeur beobachtete, wie Müller-Lengsfeldt in dem weitläufigen Areal ratlos auf- und abging, wie er die Fassade musterte, wie er versucht war, an dem Pförtner vorbeizuschleichen.

Man kam ins Gespräch, das heißt: Der Chauffeur machte eine Bemerkung, und Müller-Lengsfeldt sagte, daß er auf der Suche nach einem Neurologen sei, der ihm den Zustand eines Freundes, ja, so bezeichnete er Winckelmann jetzt, würde erklären können.

»Neurologe?« fragte der Chauffeur. »Da könnte ich einen empfehlen.« Und er fuhr, ohne eine Antwort abzuwarten, in die Innenstadt zurück. Zögernd passierte er einige Nebenstraßen, und als er die Adresse, die er meinte, endlich gefunden hatte, stieg er aus und öffnete die hintere Wagentür. »Es ist der Dr. Wondratschek«, sagte er. »Dem können Sie sich ruhig anvertrauen.«

Als Müller-Lengsfeldt im Wartezimmer saß, bereute er seine Nachgiebigkeit. Was, um Gottes willen, hatte ihn veranlaßt, sich zu einer Privatpraxis fahren zu lassen? Und was sollte er dem Arzt, falls dieser ihn vorließ, letzten Endes sagen! Der Arzthelferin hatte er erklärt, daß er auf der Durchreise sei und einige Auskünfte, nicht über sich, sondern über eine dritte Person nötig hätte, und er versicherte, er würde alles bar bezahlen. Dies schien weiter kein Problem zu sein, nur der Arzt war noch nicht im Haus. Müller-Lengsfeldt wartete. Endlich öffnete jemand die Seitentür. Man rief seinen Namen, und wenig später saß er einem grauhaarigen Herrn gegenüber, der ihm freundlich zulächelte.

Müller-Lengsfeldt erwähnte die Umstände, die ihn hierhergeführt hatten, lobte die Hilfsbereitschaft des Taxichauffeurs.

»Aber es war ein Mißverständnis«, sagte er. »Ich brauche keinen Arzt.« Und er erwähnte, daß er auf einer Bildungsreise sei. »Ich interessiere mich für die letzten Wochen im Leben des Johann Joachim Winckelmann, der offenbar in einer Wiener Klinik gelegen hat. Und niemand in der Stadt«, fügte er hinzu, »kann mir hierüber eine Auskunft geben.«

Es dauerte eine Weile, ehe Dr. Wondratschek begriff, daß es sich bei dem erwähnten Winckelmann um einen Kunstgelehrten aus dem 18. Jahrhundert handelte. Er gab zu, daß ihm die Thematik nicht geläufig sei. Trotzdem: »Was kann ich für Sie tun?« fragte er und lehnte sich in seinem Stuhl zurück.

Müller-Lengsfeldt nahm die Gesprächsbereitschaft des Arztes dankbar an. ›Warum auch nicht, ich bezahle alles‹, dachte er, und da Dr. Wondratschek offensichtlich ein Psychiater war, versuchte er, mit ihm über Winckelmann zu fachsimpeln. Er erzählte ihm Einzelheiten, die er dem Buch des Herrn Schmeer entnommen hatte, erwähnte, daß Winckelmann beauftragt gewesen sei, päpstliche Depeschen an Maria Theresia zu übergeben, und daß man ihn energisch aufgefordert hatte, seinen Freund Cavaceppi nicht im Stich zu lassen.

»Sie verstehen«, sagte Müller-Lengsfeldt. »Cavaceppi konnte kein Deutsch und wäre in Dresden oder Berlin ohne Winckelmann nahezu hilflos gewesen. Aber irgend etwas hat den Unglücklichen derart verwirrt, daß er sich hier, hier in Wien«, wiederholte Müller-Lengsfeldt, »in ärztliche Behandlung begeben mußte. Für mich wäre schon einiges gewonnen«, sagte Müller-Lengsfeldt, »wenn ich jemanden fände, der mir anhand der geschilderten Symptome den Zustand Winckelmanns, der als rätselhaft bezeichnet wird, auch nur annähernd, und sei es in Form von Vermutungen, erklären könnte.«

»Ich habe heute leider wenig Zeit«, sagte Dr. Wondratschek. »Wie lange bleiben Sie in Wien?«

»Vier Tage.«

»Gut«, sagte der Arzt. »Ich werde mich, falls Sie es wünschen, mit diesem Winckelmann beschäftigen. Sagen wir...« Er blätterte in seinem Terminkalender. »Paßt es Ihnen morgen um Viertel nach zwölf?«

## II

Es war selbstverständlich, daß Müller-Lengsfeldt diese Verabredung nicht sonderlich ernst nahm. ›Warum sollte sich ein Privatarzt um die ausgefallenen Wünsche eines Touristen kümmern?‹ dachte er und beschloß, den vereinbarten Termin einzuhalten, aber nur, um die Rechnung zu bezahlen. Als er am nächsten Tag Punkt Viertel nach zwölf die Praxis betrat, kam ihm nicht die Helferin, sondern der Arzt entgegen.

»Schon so spät«, sagte dieser, wies durch die offene Tür in das Behandlungszimmer. »Nehmen Sie Platz«, sagte er, »ich bin in einer Minute für Sie da.«

Müller-Lengsfeldt blieb in der Mitte des Zimmers, das abgedunkelt war, stehen. Die Jalousie am

Fenster war heruntergezogen. Die Möbel und besonders eine große Couch, die von der Wand abgerückt war, gaben den Eindruck von verstellter Enge, und nachdem der Arzt eingetreten war, er hatte die Tür hinter sich geschlossen, ging er Müller-Lengsfeldt mit ausgestreckter Hand entgegen, und nun geschah wieder dasselbe. Das heißt, der Arzt saß wie am Tag zuvor auf seinem Stuhl, mit dem er hin- und herkippelte, und Müller-Lengsfeldt, der in einem Sessel Platz genommen hatte, begann zu reden und immer in der Absicht, seine Anwesenheit plausibel zu machen. Umständlich setzte er dem Arzt auseinander, daß es zeitraubend und, wer weiß, vielleicht sogar zwecklos sei, in der Staatsbibliothek nach dem Tagebuch des Cavaceppi zu suchen. Andererseits könne er, da er seine Bildungsreise ernst nehmen müsse, nicht an der Tatsache vorbei, daß Winckelmanns Aufenthalt in Wien der Schlüssel für die späteren Ereignisse in Triest gewesen sei.

»Sie verstehen«, sagte Müller-Lengsfeldt, »da leidet jemand unter einem Zustand äußerster Verwirrtheit und ist doch fähig, entgegen dem Rat der Freunde und Bekannten und womöglich ohne Erlaubnis der Ärzte, die fünfhundert Kilometer lange Reise zur adriatischen Küste und über die Karawanken hinweg zu wagen! Und das bei den damaligen Straßenverhältnissen und ohne irgendeine Begleitung! Ja, was war es schließlich, was in diesem Mann vorging?« fragte Müller-Lengsfeldt, der nun überzeugt davon war, daß er das Geheimnis allein würde lösen müssen.

Dr. Wondratschek sprach kein Wort. Er ließ den anderen reden.

»Wer so penibel wie ich auf den Spuren Winckelmanns bleibt«, sagte Müller-Lengsfeldt, »dem kann dies alles, obwohl es Vermutungen sind, auf die Dauer nicht fremd bleiben«, und er beschrieb, als müsse er dieser Behauptung Nachdruck verleihen, einige Eindrücke, die er auf dem Forum Romanum gehabt hatte. »Die Gegend hat es in sich«, sagte er. »Haben Sie schon einmal, wenn ein Gewitter vom Westen her hochzieht, am Rande des Palatins gestanden? Wo eben noch Sonne war, ist plötzlich alles verschleiert, und ich habe das diffuse Grau, das allmählich ins Lila übergeht, auf einer Zeichnung festgehalten. Auch den Circus Maximus hätte ich gern skizziert, auf dem ein Wanderfalke herumvagabundierte«, sagte er. »Dem sind wir später in dem Kolumbarium der Vigna Codini wiederbegegnet. Er saß auf der letzten Stufe der Treppe, und ich übertreibe nicht, wenn ich Ihnen sage, es war schwer, von dem Blick dieses Raubvogels loszukommen. Überhaupt«, versicherte

Müller-Lengsfeldt, »war in der Nähe der Via Appia einiges anders. Wenn es in der Stadt stickig war, konnte es vorkommen, daß hier ein frischer und heftiger Wind wehte, so daß Frau Ziegler, sie war unsere Reiseleiterin, mehrmals ihren Hut verlor. Kennen Sie die Via Appia? Sie ist hell und weitläufig, dann wieder begrenzt und düster wie die Via Margutta in der Nähe der Spanischen Treppe. Von hier aus soll Winckelmann zu seiner letzten Reise aufgebrochen sein. Immerhin«, fügte Müller-Lengsfeldt hinzu, »haben wir ein Indiz aus seiner eigenen Feder. An seinen Freund Johann Michael Francke schrieb er: ›Endlich wird die Ruhe kommen an dem Ort, wo wir uns zu sehen und zu genießen hoffen! Dahin will ich, wie ein leichter Fußgänger, so wie ich gekommen bin, aus der Welt gehen!‹«

»Sie können zeichnen?« fragte der Arzt.

»Ein wenig«, antwortete Müller-Lengsfeldt. »Ich bin Kunsterzieher an einem Berliner Gymnasium. Ich habe auch Ölbilder gemalt.«

Aber er war schon wieder bei seinem Thema, hatte einen Zettel aus der Jackentasche gezogen, der über und über mit Bemerkungen versehen war. Er hätte von Frau Ziegler, meinte er, auch nur das Allerüblichste über Winckelmann erfahren, und das Buch, das ihm ein Bekannter ausgeliehen hätte, würde zwar einiges benennen, aber letztlich doch im unklaren lassen. Warum sei Winckelmann plötzlich, statt dem Bruder der Königin Charlotte Sophie den Fries am Titusbogen zu erklären, einer merkwürdigen Anwandlung verfallen?

»Es wird erwähnt, aber nicht erklärt, und das beunruhigt mich«, sagte Müller-Lengsfeldt und sah zu, wie Dr. Wondratschek, der sich erhoben hatte, umständlich die Jalousie am Fenster hochzog.

»Sie haben einen Falco peregrinus gesehen?«

Der Arzt ging zum Bücherregal und zog einen Bildband über Vögel hervor.

»Ich bin begeisterter Ornithologe. Vor allem, wenn ich in den Bergen unterwegs bin«, sagte er und erklärte, daß der Wanderfalke auf Felsklippen brüten würde, meist im Gebirge. Im Winter sei er auch in Sümpfen anzutreffen. »Er meidet Gebiete, die besonders trocken sind, und es wundert mich, daß Sie ihn auf dem sonnenverbrannten Circus Maximus gesehen haben wollen. War es wirklich ein Peregrinus?« fragte der Arzt und hielt Müller-Lengsfeldt den aufgeklappten Bildband hin.

Ja, es war ein Peregrinus! Das sah Müller-Lengsfeldt sofort. Er erkannte die blaugraue Oberseite, die Flügel waren dunkel gemasert, der Schwanz beinahe schwarz, die weiße Brust bis zu den Füßen gesprenkelt und das unbewegliche Auge...

»Genauso hat er mich angesehen, als er auf der Treppe zum Kolumbarium saß«, sagte Müller-Lengsfeldt.

»Alle Raubvögel haben diesen Blick«, antwortete Dr. Wondratschek.

Er klappte den Bildband wieder zu, kam auf Winckelmann zu sprechen. Er bedauerte, daß er keine Zeit gefunden hätte, sich über dessen Lebenslauf zu informieren. Er wollte Näheres über die Anwandlungen wissen, die Winckelmann veranlaßt hatten, eine Wiener Klinik aufzusuchen.

»Ich wüßte auch gern Genaueres«, antwortete Müller-Lengsfeldt.

»Waren es Angstzustände?«

»Wovor sollte er Angst gehabt haben? Ich bitte Sie, er war auf dem Höhepunkt seiner Karriere, und er hat sich ein Leben lang mit dem Apoll von Belvedere beschäftigt.«

Dr. Wondratschek verließ das Zimmer, und als er zurückkam, bot er Müller-Lengsfeldt einen Kaffee an. Man sprach noch über dieses und jenes, und irgendwann, es geschah völlig unvermittelt, fragte der Arzt:

»Könnte es ein, daß sich Winckelmann beim Anblick des Apoll von Belvedere plötzlich gelangweilt hat?«

»Wo denken Sie hin!« rief Müller-Lengsfeldt und

staunte, daß der andere zu einer solch absurden Bemerkung fähig war.

Er wollte den Arzt bitten, sich näher zu erklären, aber Dr. Wondratschek hatte keine Zeit mehr. Der nächste Patient wartete. Er stand auf, versicherte, daß er jederzeit zu einem weiteren Gespräch bereit sei, gab Müller-Lengsfeldt die Hand, der nach dieser abrupten Verabschiedung noch für Augenblicke im Flur herumstand.

In seine Unterkunft zurückgekehrt, zerriß Müller-Lengsfeldt den Brief des Herrn Schmeer.

›Mit ihr habe ich Kontakt aufgenommen, und er hat mir geschrieben. Unverkennbar, daß sie liiert sind‹, dachte er, wollte aber seinen Ärger nicht auf Frau Ziegler übertragen. Im Gegenteil: Er war froh, daß er durch sie die Via Appia und das Kolumbarium der Vigna Codini kennengelernt hatte, denn dort, das wurde ihm klar, hatte er das erste Mal beschlossen, mehr aus der gebuchten Reise herauszuholen als das übliche Bildungserlebnis. Sicher, der Aufenthalt in Wien hatte nichts gebracht, und ihn beunruhigte die Vorstellung, daß er auch hier, es war das vierte Hotel seit seiner Abreise aus Rom, daß er auch hier, wenn er nachts auf den Korridor hinaustreten würde, Licht über der Schwelle einer angelehnten Tür entdecken könnte, und er fürchtete sich vor dem Schlaf, weil ihm einfiel, daß er schon einmal schlecht geträumt hatte. Vor Tagen in Rom, als er geglaubt hatte, dem Bruder der Königin Charlotte Sophie, dessen Name ihm entfallen war, gegenüberzustehen, und daß er in Sorge gewesen war, der Puder des Prinzen würde sich, wenn nicht sofort etwas geschah, mitsamt der Schminke ablösen und würde als nasse Spur Furchen in dessen Wange ziehen.

Andererseits hoffte er, daß die neuerliche Unruhe, die er loszuwerden wünschte, so etwas wie ein Ariadnefaden sein könnte, durch den er, auch ohne das Buch des Herrn Schmeer und ohne die Tagebuchaufzeichnungen Cavaceppis, der Wahrheit über Winckelmanns letzte Reise näherzukommen hoffte.

Am nächsten Morgen war er voller Tatendrang, und es schien ihm kein Problem zu sein, daß er vergeblich an der Tür zur Praxis des Dr. Wondratschek klingelte. Auf dem Schild mit den Öffnungszeiten las er, daß die Praxis mittwochs, also heute den ganzen Tag über, geschlossen war. Ein kurzes Bedauern, dann warf er seine Visitenkarte in den Briefschlitz. Der Koffer war gepackt, und irgendwie, er war schon auf dem Weg zum Bahnhof, freute er sich auf die Reise über die Karawanken.

## 12

Seine Erwartung wurde nicht enttäuscht. Als sich der Zug Klagenfurt näherte, staunte Müller-Lengsfeldt über die gewaltige Hügellandschaft. Er sah kein zerklüftetes, hochaufragendes Gebirge wie auf der Fahrt von Bozen zum Brenner, nein, hier wirkte alles weitläufig, aber deswegen nicht weniger imposant, und ob es schon die Karawanken waren, konnte Müller-Lengsfeldt nicht mit Sicherheit sagen. ›Sie beginnen später‹, dachte er. Er wußte, daß sie die natürliche Grenze zwischen Kärnten und Slowenien bildeten. ›Und wenn die Zollbeamten hier auftauchten‹, dachte er, ›dauert es keine zwei Stunden, dann bin ich in Ljubljana.‹

In Ljubljana? Ja, warum fuhr Müller-Lengsfeldt nicht, dort hätte er auch die Karawanken gesehen, über Villach in Richtung Italien! Es wäre die kürzeste Verbindung von Wien zur adriatischen Küste gewesen. Aber offenbar wollte er diese Bequemlichkeit nicht gelten lassen, schon deshalb nicht, weil es Winckelmann, aus welchen Gründen auch immer, vorgezogen hatte, den Umweg nach Südosten einzuschlagen, und so gähnte Müller-Lengsfeldt, als er abends in Ljubljana eintraf, und er weigerte sich, wieder nach einem Hotelzimmer zu suchen.

›Was soll ich hier, ich fahre weiter‹, dachte er, und keine Stunde später saß er in einem Eilzug nach Triest.

Das Abteil war leer. Müller-Lengsfeldt hatte, indem er sich die Gardine übers Gesicht zog, versucht zu schlafen, und irgendwann bemerkte er, daß jemand die Tür öffnete, vorsichtig, wie um jedes Geräusch zu vermeiden, und als er die Augen aufschlug, saß ihm ein junger Mann gegenüber. Er lächelte, als wollte er sich entschuldigen, daß es ihm nicht gelungen war, unbemerkt ins Abteil zu treten.

»Das macht nichts«, murmelte Müller-Lengsfeldt, tat, als würde er weiterschlafen, blinzelte aber mit halbgeöffneten Augenlidern gegen die Fensterscheibe, in der sich das Abteillicht spiegelte.

Er spürte, daß er mißtrauisch war, und hatte kein Problem, sich vorzustellen, daß bei jenem dort, der freundlich wirkte und seinen Trenchcoat nicht ausgezogen hatte, ›vielleicht fährt er nur bis zur nächsten Station‹, dachte Müller-Lengsfeldt, daß sogar bei solch einem Mitreisenden der Schein trog und daß es besser wäre, solange sie allein im Abteil waren, die Augen offenzuhalten.

Gegen ein Uhr nachts erreichten sie Triest, und Müller-Lengsfeldt ließ sich sofort zur Piazza San

Pietro fahren. Genauer: Der Taxichauffeur wußte zunächst nicht, was er meinte, und nachdem man sich darüber verständigt hatte, daß es die Piazza San Pietro nicht mehr gab, sie würde jetzt Piazza dell'Unità d'Italia heißen, ging die Fahrt rasch über den Corso Cavour, und keine fünf Minuten später stand Müller-Lengsfeldt, den Koffer und die Plastiktüte in der Hand, auf dem fast menschenleeren Platz und sah auf das Meer hinaus. Hier also, dies wurde ihm augenblicklich klar, hatte er jenes Stück Küste vor Augen, von dem aus Winckelmann nach Venedig oder Ancona hatte weitersegeln wollen.

›Vermutlich war die Wasseroberfläche ebenso glatt und unbeweglich wie jetzt. Es war warm und roch nach Fisch‹, dachte er, und es dauerte eine Weile, ehe er sich von dem zwiespältigen Eindruck, die Hafenanlage war beleuchtet, wirkte aber verlassen, hinter ihm die imposanten, aber abweisenden Fassaden aus der Gründerzeit, es dauerte eine Weile, ehe er sich darauf besann, daß er sich jetzt, ›die Locanda Grande ist längst abgerissen‹, dachte Müller-Lengsfeldt, für die nächsten Tage ein Zimmer besorgen mußte.

Er sah sich um, entdeckte nirgends einen Hinweis auf ein Hotel, und erst nachdem er ein Versicherungsgebäude der Firma Lloyd hinter sich gelassen hatte, stand er vor einer Leuchtschrift: »Duchi d'Aosta«, las Müller-Lengsfeldt.

Er bemühte sich, durch die enge Drehtür zu kommen, und nachdem man ihm an der Rezeption den Schlüssel überreicht hatte, war er angenehm überrascht. Kaum hatte er die zweite Etage betreten, warf er einen Blick auf das Ende des Korridors, und es kam ihm vor, als sei er wieder in Rom. Das gleiche Fenster, ähnliche Lampen an den Wänden, auch war da ein schwacher Glanz auf dem Fußboden, und sein Zimmer lag, wie im Hotel am linken Tiberufer, auf halber Höhe des Korridors, so daß man sich, man brauchte nur die Tür zu öffnen, in beiden Richtungen einen Überblick verschaffen konnte.

»Besten Dank«, sagte Müller-Lengsfeldt. »Es ist doch wichtig, daß man wenigstens hier und dort etwas Vertrautes wiederfindet«, und er steckte dem Angestellten einen Fünftausend-Lire-Schein zu.

## 13

Am nächsten Morgen, es war noch vor dem Frühstück, las Müller-Lengsfeldt in dem Buch des Herrn Schmeer. Sicher, es war eine Kolportage, und die Fakten waren in sensationeller Weise aufbereitet, aber er erfuhr, daß Winckelmann am 1. Juni 1768 gegen zwölf Uhr mittags mit einer Postkutsche die Piazza San Pietro erreicht hatte. Die Locanda Grande, ein dreistöckiges Gebäude, war frisch renoviert worden. Es war das erste Hotel am Platz, aber nicht zu teuer, und Winckelmann gab zu verstehen, daß er inkognito bleiben wollte. Er nannte sich Signor Giovanni und bekam das Zimmer Nr. 10 mit Blick auf den Hafen, und er erklärte, daß er nach Rom weiterzureisen wünschte, möglichst per Schiff über Venedig. Er fand auch sofort jemanden, der ihm behilflich war: Francesco Arcangeli.

Es war sein Zimmernachbar. Er begleitete ihn zum Hafen und sorgte dafür, daß Winckelmann, wenn schon nicht nach Venedig, so doch mit einem Frachter in Richtung Ancona würde segeln können. Das Schiff mußte beladen werden, es blieben also noch einige Tage Zeit. Und nun sah man die beiden, Winckelmann in Seidenstrümpfen und schwarzen Hosen, das Leinenhemd war mit Goldknöpfen verziert, der andere, Arcangeli, trug einen abgeschabten Rock, der sorgfältig gebürstet war, nun sah man die beiden, die sich kaum kannten, am Hafen herumspazieren. Oder sie saßen zusammen in einem Café, und das Abendessen nahmen sie regelmäßig in Arcangelis Zimmer ein.

Irgendwann mußte es zu Vertraulichkeiten gekommen sein. Winckelmann gab seine Identität preis. Das heißt, er versuchte dem anderen, dem arbeitslosen Koch, zu erklären, daß er der Päpstliche Antiquar sei, und er zeigte ihm die silbernen und goldenen Münzen, die er von Maria Theresia in Wien bekommen hatte. Erneute Vertraulichkeiten, weil sich die Beladung des Frachtschiffs verzögerte. Wieder ging man spazieren oder saß im Café. Die Zeche zahlte man abwechselnd, und am 7. Juni gingen die beiden in einen kleinen Laden, wo Winckelmann ein Federmesser und einen Bleistift kaufte. Arcangeli hingegen kaufte sich Stunden später und völlig unbeobachtet ein venezianisches Messer und einen Strick, den er zu einer Schlinge verknotete.

Am Vormittag des 8. Juni war es soweit, und es ging alles sehr schnell. Ein letzter Spaziergang, ein letztes gemeinsames Kaffeetrinken, beinahe untergehakt ging man in Winckelmanns Zimmer in vertraulichem Gespräch hin und her. Arcangeli wollte nochmals die Münzen sehen, dann holte er Messer und Strick, und Winckelmann hatte Pech. Er hatte den anderen, der ihm den Strick von hinten um den Hals geworfen hatte, schon sicher im Griff, und während er dabei war, sich zu befreien, rutschte er auf dem glatten Holzfußboden aus, fiel auf den Rücken, so daß Arcangeli, der über ihm kniete, mit dem Messer zustechen konnte.

›Mit dem Messer‹, dachte Müller-Lengsfeldt und kämpfte gegen ein Gefühl von Ernüchterung.

Eine Weile saß er auf dem Rand seines Bettes, konnte sich nicht entschließen, die üblichen Notizen zu machen. Er nahm sich vor, als erstes Winckelmanns Grabstätte zu besuchen, entdeckte in seinem Zimmer einen Prospekt mit den Sehenswürdigkeiten der Stadt, den er gründlich studierte, und tatsächlich fand er einen Hinweis unter dem Stichwort »Tempietto di Winckelmann«, dem eine Fotografie beigefügt war. Viel zu klein, aber so viel konnte Müller-Lengsfeldt immerhin erkennen: Da kauerte auf einem Sarkophag mit Löwenfüßen ein geflügelter Adonis, der den Kopf zur Seite geneigt hielt. Die Schenkel waren mit einem Tuch bedeckt, und er schien nicht zu trauern, verharrte eher in schöner Nachdenklichkeit. Der massive, viereckige Block, auf dem der Sarkophag stand, war mit einer antikisierenden Allegorie verziert, auf der Basis hatte man zwei Kränze mit Schleifen angebracht. Es war ein Kunstwerk in neoklassizistischer Manier. ›Das muß ich unbedingt auf meinem Zeichenblock festhalten‹, dachte Müller-Lengsfeldt, holte den Klappstuhl und die Malutensilien aus dem Koffer.

Er verzichtete auf das Frühstück, bestellte ein Taxi. Die Fahrt zum Civico Museo di Storia e Arte war kurz. Sie passierten mehrere Ampeln, durchquerten einen Park, bis sie den Eingang einer Kathedrale erreicht hatten.

»Eccoci«, sagte der Chauffeur und wies über ein terrassenförmiges Gelände, offenbar ein Freilichtmuseum, in Richtung Süden, dorthin, wo am Ende einer mit Eiben umstandenen Allee der Tempietto di Winckelmann zu erkennen war.

Er half Müller-Lengsfeldt beim Aussteigen, holte den Klappstuhl und die Malutensilien aus dem Kofferraum, und war es nun der starke Wind, der hier oben, in den Hügeln von San Giusto, an Müller-Lengsfeldts Zeichenblock zerrte, so daß er Mühe hatte, ihn festzuhalten, oder war es die mörderische Sonne, die ihn daran erinnerte, daß er ohne Kopfbedeckung war, Müller-Lengsfeldt ging einige Schritte über den Kiesweg auf den Tempietto zu, blieb für Augenblicke stehen, um das Papier, das schon zerfleddert war, fester unter den Arm zu klemmen, dann winkte er den Chauffeur wieder zu sich.

Ob hier immer so ein starker Wind gehen würde, wollte er wissen.

Der Chauffeur zuckte mit den Schultern. Ja, was hinderte Müller-Lengsfeldt daran, da er den Zeichenblock sicher im Griff hatte, im Schutz der Eiben die dreihundert Meter weiterzugehen? Und hatte es nicht in der Via Appia einen ähnlich starken Wind gegeben, der ihn keineswegs daran gehindert hatte, das Kolumbarium der Vigna Codini zu erreichen? Jetzt aber, der Chauffeur nahm ihm den Klappstuhl und die Malutensilien ab, ging er zum Taxi zurück, und keine Viertelstunde später war er in seinem Hotelzimmer damit beschäftigt, den ramponierten Zeichenblock zu glätten. Er war guter Laune, pfiff vor sich hin, hatte offenbar vergessen, daß der Ausflug in die Hügel von San Giusto erfolglos gewesen war. Er überprüfte nochmals die Skizzen, die er in Rom angefertigt hatte, zerriß, was ihm nicht gelungen schien, bedauerte, daß er keine Papprolle zur Hand hatte, um die Blätter für die Rückreise sicher zu verwahren, und irgendwann beschloß er, sich wieder bei Frau Ziegler zu melden. Er schrieb einige Zeilen mit der Hand, ließ auch Herrn Schmeer herzlich grüßen.

»Ich habe soeben Winckelmanns Sarkophag besucht und einige Skizzen angefertigt, und es war durchaus nicht so unerfreulich, wie Herr Schmeer es befürchtet hat. Daher möchte ich, und jetzt mit noch mehr Berechtigung, meinen Vorschlag wiederholen: Sie sollten Ihre nächste Exkursion über Rom bis nach Triest hinaus ausdehnen!« schrieb

Müller-Lengsfeldt, und an der Rezeption war man gern bereit, ihm das Faxgerät zu überlassen.

Er wählte die Nummer, die auf dem Brief des Herrn Schmeer angegeben war, sah zu, wie der Bogen Papier von dem Gerät eingezogen und wieder freigegeben wurde. Zufrieden setzte er sich an die Bar, um etwas zu trinken. Er bekam seinen Kaffee, nahm sich mit dem Löffel reichlich Zucker, und als er die Tasse an den Mund setzen wollte, hörte er wieder das Faxgerät.

›Es wird doch nicht für mich sein‹, dachte Müller-Lengsfeldt, sah aber schon den Angestellten, der auf ihn zukam. Er brachte ihm die Antwort des Herrn Schmeer.

»Lieber Müller-Lengsfeldt, Sie sollten sich schämen, in Winckelmanns traurigem Ende herumzustochern. Aber vielleicht gelingt es Ihnen, auch hier etwas Außergewöhnliches zu entdecken. Sie haben ja schon den Wanderfalken für eine höhere Erscheinung gehalten. Und was Ihre Sorge um Frau Ziegler betrifft, es ist nicht ausgeschlossen, daß wir uns demnächst verloben. Sie sehen, im Leben hat alles seine Richtigkeit. Ich wünsche Ihnen alles Gute, W. H. Schmeer.«

## 14

Am Nachmittag war Müller-Lengsfeldt auf dem Postamt und schickte das Buch, obwohl es ihm unentbehrlich war, an die Adresse des Berliner Reisebüros. Er dachte darüber nach, wie unmöglich es von Frau Ziegler war, sich an solch einen Menschen wie Herrn Schmeer über die Gelegenheiten eines kurzen Urlaubs hinaus, ernsthaft zu binden.

›Er wollte mir eins auswischen‹, dachte Müller-Lengsfeldt, ›wollte beweisen, daß es sich nicht lohnt, bis zuletzt auf Winckelmanns Spuren zu bleiben.‹

Als er das Postamt verließ, hatte er einen leichten Schwindelanfall, war aber sicher, daß dies weder mit der Enttäuschung über Frau Ziegler noch mit seiner Wut auf Herrn Schmeer etwas zu tun hatte. Vielmehr stand er plötzlich vor einem Plakat, auf dem ein Barockkonzert angekündigt wurde. Und war da nicht, sozusagen als Hintergrund, ein Gesicht zu erkennen, das ihm bekannt vorkam? Es war ein Ausschnitt aus einem alten Gemälde. Er trat näher heran, beugte sich über den Kasten, in dem das Plakat angebracht war. So, ja, genau so, hatte er sich den Prinzen von Mecklenburg-Strelitz, den Bruder der Königin Charlotte Sophie, vorgestellt, dem Winckelmann seinerzeit das Relief im Titusbogen hatte zeigen wollen.

›Frappierend! Als ob ihm die Schminke herunterläuft! Es muß an der Unschärfe liegen‹, dachte Müller-Lengsfeldt und versuchte herauszufinden, in welcher Technik man das Plakat gedruckt hatte.

Er notierte sich Ort und Zeit des Konzerts. Dann wollte er, da er nun einmal in Triest war, einige Sehenswürdigkeiten besichtigen. Er wollte den Canal Grande sehen, vielleicht auch das Opernhaus. Zunächst schlenderte er in Richtung Corso Cavour, um zum Alten Hafen zu gelangen. Es war ein Umschlagplatz in unmittelbarer Nähe des Bahnhofs, der teilweise gesperrt war, und die Schiffe, die Müller-Lengsfeldt zu sehen bekam, wirkten heruntergekommen. Rasch versuchte er, die Gegend wieder zu verlassen. Er ging zum Postamt zurück, und nachdem er sich in den quadratisch angelegten Straßen mehrmals verirrt hatte, erreichte er schließlich den Canal Grande. Es war eine breitangelegte Wasserstraße, die wie eine Sackgasse endete. Links und rechts, wo der Bürgersteig begann, ankerten Kähne, und wenn man vom Palazzo Carciotti aus auf das Ende des Kanals, auf die Chiesa di Sant' Antonio Nuovo sah, hatte man ein Panorama aus der Blütezeit Triests vor Augen. Überall neoklassizistische Fassaden, nur im Rücken, in unmittelbarer Nähe des Meeres, ragte etwas Modernes, der sogenannte Grattacielo, aus der Zeit des Spätsezessionismus auf.

Als er im Schatten dieses Gebäudes stand, fiel Müller-Lengsfeldt plötzlich ein, daß er es versäumt hatte, die GASAG anzurufen, um zu sagen, daß es in der Küche seiner Berliner Wohnung immer etwas nach Gas roch, und er nahm sich vor, dies, sowie er zurückgekehrt sein würde, zu erledigen. Als er zur Piazza dell'Unità d'Italia zurückgekehrt war, sah er am Teatro Verdi Baugerüste. Auch die Portaltüren standen offen, man trug Zementsäcke ins Innere, und irgendwann trat jemand ins Freie hinaus, um sich eine Zigarette anzuzünden. Es war der junge Mann aus dem Zugabteil.

›Was will der hier‹, dachte Müller-Lengsfeldt und blieb dem anderen, er wollte nicht neugierig erscheinen, im Rücken. Eine Weile sah er ihm beim Rauchen zu, aber da er zu nahe war, fand er zuletzt doch, daß er sich bemerkbar machen müßte. Er räusperte sich, aber der andere, der einen weißen Kittel trug, schien es zu ignorieren oder war in Gedanken abwesend. Dies wiederholte sich, so daß eine irritierende Situation entstand, und irgendwie kam es Müller-Lengsfeldt vor, als hätte er dort jemanden vor Augen, der ihm helfen könnte, das

Gefühl der Ernüchterung, das die Lektüre über die Ermordung Winckelmanns bei ihm ausgelöst hatte, zu überwinden. Er beschloß, sowie sich Gelegenheit dazu bieten würde, mit dem Fremden ins Gespräch zu kommen.

## 15

Am Abend, als Müller-Lengsfeldt in dem Restaurant des Hotels saß, um etwas zu essen, fand er es selbstverständlich, daß der junge Mann, den er vor dem Teatro Verdi beobachtet hatte, an einem der Nebentische saß. Man nickte einander zu, Müller-Lengsfeldt erhob sich.

»Sind wir nicht in demselben Zug nach Triest gefahren?« fragte er, nahm am Tisch des Fremden Platz, und nachdem er erklärt hatte, warum er hier sei, erfuhr er, daß der andere, der fließend Deutsch sprach, ebenfalls im ›Duchi d'Aosta‹ wohnte. Er war Slowene und arbeitete als Restaurator im Teatro Verdi. Auch über Winckelmann wußte er Bescheid. Nicht, daß er sich, wie Müller-Lengsfeldt, besonders für ihn interessierte, aber er wußte zu sagen, daß Winckelmanns Kenotaph ursprünglich in einer Ädikula aufgestellt gewesen sei, und erst nach 1921 hätte man ihn in der Glyptothek untergebracht. Er kannte auch den Namen des Direktors, der dies veranlaßt hatte.

»Piero Sticotti«, sagte Obradovič.

»So«, antwortete Müller-Lengsfeldt und war beeindruckt. »Wissen Sie auch, wie Winckelmann ums Leben gekommen ist?«

Der Slowene führte die Hand zum Hals, machte eine unmißverständliche Bewegung. Müller-Lengsfeldt begann auf seinem Stuhl hin- und herzurücken.

Konnte es sein, daß Winckelmann einem gewöhnlichen Raubmord zum Opfer gefallen war? Schlimmer noch: daß er unfähig gewesen war, die Nähe eines Strichjungen zu meiden, der sich ihm aufgedrängt hatte? Und wie war es zu erklären, daß er mit einem Vorbestraften, der sich seinen Lebensunterhalt durch Betrügereien sicherte und der aus keinem anderen Grund in den Städten der adriatischen Küste herumlungerte, wie konnte er mit solch einem Menschen stundenlang in Gasparos Café sitzen!

»Nein«, sagte Müller-Lengsfeldt, »mit solch einem Strolch geht man keine Vertraulichkeiten ein. Und wenn doch, dann muß es Gründe gegeben haben«, sagte er und verschwieg die homoerotische Neigung Winckelmanns, die in dem Buch des Herrn Schmeer ausdrücklich erwähnt wurde.

Man sprach über die Umstände, die dazu geführt hatten, daß jede Hilfe für Winckelmann zu spät gekommen war, so daß er verbluten mußte.

»Die Magd, die den blutigen Strick am Hals für Gedärm hielt, war weggelaufen, und dieser unselige, wie hieß er, Andreas Harthaber, hat minutenlang in der Tür gestanden und zugesehen«, sagte der Slowene.

Müller-Lengsfeldt machte geltend, daß noch einiges unaufgeklärt sei.

»Was hatte Winckelmann seinem Mörder, ehe dieser floh, zugeflüstert?« fragte er. »Harthaber hat es gehört, aber nicht verstanden.«

»Es ist vieles unaufgeklärt geblieben«, sagte der Slowene, eine Bemerkung, die Müller-Lengsfeldt offenbar hören wollte.

»Hätten Sie Lust, mit mir ins Konzert zu gehen?« fragte er plötzlich, nannte dem anderen Ort und Zeit der Veranstaltung, und Obradovič, der junge Mann aus Slowenien, war einverstanden, wußte aber nicht, ob er rechtzeitig mit der Arbeit fertig werden würde.

Gegen acht Uhr abends erreichte Müller-Lengsfeldt die kleine Villa, in der das Konzert stattfinden sollte. Er hatte noch eine Stunde Zeit. Ein kurzer Blick ins Innere, wo schon alles vorbereitet war. Man stellte die letzten Stuhlreihen auf, und als

Müller-Lengsfeldt sich die Eintrittskarte kaufen wollte, winkte man ab. Er setzte sich in das Straßencafé gleich gegenüber, so konnte er den Eingang der Villa im Auge behalten, überflog den Programmzettel. Das Orchester bestand offenbar aus jungen Leuten, Absolventen des Konservatoriums. Man gab drei Cellokonzerte von Vivaldi und zuletzt merkwürdigerweise etwas von Arnold Schönberg. Müller-Lengsfeldt mußte lange warten, ehe der junge Slowene auftauchte. Es war bereits Viertel nach neun, die Eingangstür wurde geschlossen. Obradovič murmelte eine Entschuldigung, dann nahmen sie in der vorletzten Reihe Platz, und während das Concerto für Violoncello, Streicher und Basso continuo e-Moll begann, bemerkte Müller-Lengsfeldt, daß der andere noch Spuren von blauer Farbe an den Händen hatte.

›Er hat sich beeilt, es war ihm der Mühe wert hierherzukommen‹, dachte Müller-Lengsfeldt und hatte das Bedürfnis, sich dem Slowenen vertrauensvoll zuzuwenden.

»Für dieses Largo könnte ich sterben. Nicht wahr, hier haben wir den Beweis, wie melancholisch das Barockzeitalter war. Im übrigen bin ich schon dabei, dem Geschehen um Winckelmann eine besondere Bedeutung zu geben.«

Obradovič hatte ein Taschentuch hervorgezogen, um sich die Farbreste von den Händen zu wischen, und offensichtlich vermied er es, ein Gespräch zu beginnen.

Als das Konzert zu Ende war, schlug Müller-Lengsfeldt vor, in dem gegenüberliegenden Café eine Kleinigkeit zu essen. Obradovič wartete vor der Villa, offensichtlich hatte Müller-Lengsfeldt noch etwas zu erledigen, und als er endlich kam, hatte er das Plakat in der Hand, das er vorsichtig zusammenrollte. An den Ecken klebten noch Reste von Tesafilm.

»Ich habe es von der Wand genommen«, sagte Müller-Lengsfeldt, und im Café bestand er nochmals darauf, daß das Barockzeitalter, besonders in seiner Spätphase, nicht immer nur heiter gewesen sei. »Wie ist es zu erklären«, fragte er, »daß Winckelmann ständig mit diesem Arcangeli am Hafen unterwegs gewesen ist? Sicher nicht nur, um seine Weiterreise nach Venedig oder Ancona zu organisieren«, fügte er hinzu und ließ es bei dieser Andeutung bewenden.

Man sprach über praktischere Dinge. Das heißt, Müller-Lengsfeldt veranlaßte Obradovič zu erzählen, warum er, obwohl in Ljubljana zu Hause, an der Triester Oper beschäftigt sei.

Er hätte Frau und Kind und es sei ihm nicht

möglich, in Slowenien für den nötigen Unterhalt zu sorgen, antwortete Obradovič.

Sie gingen ins Hotel zurück, und nachdem er sich verabschiedet hatte, bemerkte Müller-Lengsfeldt, daß der andere ein Stockwerk höher untergebracht war. Wo genau, konnte er nicht sagen, und nachdem er sein Zimmer betreten hatte, nahm er sich aus dem Kühlschrank ein Fläschchen Cynar, das er ungeöffnet ließ. Eine Weile hatte er damit zu tun, das Plakat, das er mitgebracht hatte, auseinanderzurollen und mit dem Rest Tesafilm, der abgenutzt war, an die Tür zu kleben. Und da hing er nun, der Prinz von Mecklenburg-Strelitz, der Bruder der Königin Charlotte Sophie, der ihn seit Rom beschäftigte. Wen das Porträt in Wirklichkeit darstellte, war ihm gleichgültig. Es war ein unwiderlegbares Zeugnis, das die Jahrhunderte überdauert hatte.

›So oder ähnlich muß es also ausgesehen haben, das Gesicht, dem unter der Sonne am Titusbogen die Schminke heruntergelaufen ist‹, dachte Müller-Lengsfeldt.

Er zog seinen Pyjama an, trank den Cynar, ging nochmals zum Kühlschrank, um sich ein zweites Fläschchen zu holen, und als er im Bett lag, summte er, um besser einzuschlafen, die ersten Takte aus dem Cellokonzert e-Moll von Vivaldi.

Und war es nun, weil er den Alkohol getrunken hatte oder weil das Plakat mit dem konturlosen Gesicht ihm etwas suggerierte: War da nicht wieder ein Lichtschein über der Schwelle seiner Tür? Sicher ein Spalt, der das Flurlicht durchschimmern ließ. Kein Grund zur Unruhe, trotzdem:

›Ich habe seit Rom, seit ich auf Winckelmanns Spuren bin, immer darauf geachtet, was da draußen vor sich geht‹, dachte Müller-Lengsfeldt und beschloß, auch für dieses Mal aufmerksam zu bleiben.

## 16

Zwei Tage waren vergangen, und Müller-Lengsfeldt mußte erleben, daß der Slowene weder zum Frühstück, noch zum Abendessen erschien. Dies machte ihn unruhig, so daß er Erkundigungen einzog. Nein, Signor Obradovič, wurde ihm versichert, hätte das Hotel keineswegs verlassen, er sei zu einem Kurzurlaub bei Frau und Kind und würde heute abend zurückkommen. Damit war Müller-Lengsfeldt zufrieden.

Er beschloß, nochmals in die Hügel von San Giusto zu fahren, um Winckelmanns Kenotaph endlich aufs Papier zu bringen, packte den Klappstuhl und die Malutensilien zusammen, aber anstatt ein Taxi zu bestellen, ging er vor dem Eingang des Hotels auf und ab. Er beschloß erst einmal, ein kleines Museum zu besuchen, das er am Tag zuvor in der Nähe des Corso Cavour entdeckt hatte. Man zeigte eine Auswahl französischer Expressionisten.

›Das ist der Klassizismus der Moderne‹, dachte Müller-Lengsfeldt, nachdem er die Räume des flachen Betonbaus betreten hatte, und er war begeistert von den leuchtenden Farben. Da war ein azurenes Blau, das Weiß wirkte wie Marmor, und alles war derart voller Licht... ›Ja, so‹, dachte Müller-Lengsfeldt, ›wünscht man sich die Mittelmeerwelt!‹ Und ihm fiel der Apoll von Belvedere wieder ein. Sicher, die Skulptur, die er in den Vatikanischen Museen gesehen hatte, wirkte gegen Picassos Malerei naiv und eindimensional, und Müller-Lengsfeldt lächelte bei dem Gedanken, was Winckelmann wohl bei dem Anblick dieser verdrehten Gesichter empfunden hätte. ›Es ist aber sein Griechenland‹, dachte er und trat immer wieder einige Schritte zurück, denn erst im nötigen Abstand, so kam es ihm jedenfalls vor, konnte man sich der Überzeugungskraft der Bilder nicht entziehen.

Eine Weile, dies ging über anderthalb Stunden,

ließ er die Euphorie gelten. Er kaufte mehrere Postkarten, achtete darauf, ob sich die Sicht auf die Bilder durch das wechselnde Tageslicht, es wurde Nachmittag, und sei es auch nur um Nuancen, veränderte. Als die Sonne verschwand, wurde alles fahler. Müller-Lengsfeldt saß auf einer gepolsterten Bank, kaute an Erdnüssen, die er sich unterwegs an einem Kiosk gekauft hatte, und er spürte, daß er von dem salzigen Zeug Durst bekam. Gegen neunzehn Uhr schloß man in einigen Sälen die Vorhänge. Die Aufseher erinnerten die wenigen Besucher daran, daß es Zeit sei, das Museum zu verlassen, aber Müller-Lengsfeldt blieb noch Gelegenheit, darüber nachzudenken, was mit dem schönen Schein der Bilder, dem er eben noch begeistert zugestimmt hatte, eigentlich gewonnen war. Und nun fielen ihm die letzten Worte des Wiener Arztes wieder ein. Was hatte Dr. Wondratschek, bevor sie sich verabschiedet hatten, gefragt:

»Könnte es sein, daß sich Winckelmann beim Anblick des Apoll von Belvedere plötzlich gelangweilt hat?«

›Unsinn‹, dachte Müller-Lengsfeldt, aber seine Euphorie war verflogen.

Er bemerkte, daß immer weniger Licht und dadurch eine Schattengrenze auf die Wände und auf die Bilder fiel, und er hörte, wie sich im Nebenraum zwei Aufseher leise miteinander verständigten. Es war ein eindringliches Flüstern, und es dauerte eine Weile, ehe sie bei ihm, Müller-Lengsfeldt, auftauchten. Zögernd verließ er die Bank, steckte die Tüte mit den restlichen Erdnüssen in die Jackentasche, und nun holte er den Klappstuhl und die Malutensilien, und keine halbe Stunde später war er mit einem Taxi unterwegs. Es war derselbe blaue Fiat, dessen linker vorderer Kotflügel erneuert, aber in der Farbe noch nicht angeglichen worden war. Wieder war die Fahrt kurz. Sie passierten mehrere Ampeln.

»Eccoci«, sagte der Chauffeur, nachdem sie den Eingang der Kathedrale erreicht hatten.

Er half Müller-Lengsfeldt beim Aussteigen, holte Klappstuhl und Malutensilien aus dem Kofferraum, und war es nun wieder der starke Wind, der hier oben an Müller-Lengsfeldts Zeichenblock zerrte, so daß er Mühe hatte, ihn festzuhalten, oder war es, weil die Dämmerung eingesetzt hatte und es sich nicht mehr lohnte, mit der Arbeit anzufangen, Müller-Lengsfeldt ging, wie beim ersten Mal, einige Schritte auf dem Kiesweg entlang, blieb für Augenblicke stehen, um das Papier fester unter den Arm zu klemmen, dann winkte er den Chauffeur herbei.

»È sicuro che questo è il tempietto di Winckelmann?«

»Sicurissimo«, sagte der Italiener und zeigte auf das Ende der Allee, wo man den Tempietto hinter Kirschlorbeergebüsch hervorschimmern sah.

Müller-Lengsfeldt trotzte dem Wind, ging energisch an den Eiben vorbei, bemerkte aber, daß der Tempietto, je näher er kam, immer weiter in Richtung der Büsche von ihm abzurücken schien.

»Zwecklos, es wird dunkel«, murmelte er schließlich, als er in einem weiten Bogen, wobei er die Allee verließ, wieder zurückkam.

In seinem Zimmer nahm Müller-Lengsfeldt sich das kleine Foto aus dem Prospekt mit den Sehenswürdigkeiten der Stadt vor und begann den Kenotaph, so gut ihm dies möglich war, zu kopieren. Er vergrößerte den Maßstab, und auch am nächsten Tag, er hatte die Vorhänge zugezogen, schien er damit beschäftigt zu sein. Erst gegen Nachmittag betrat er die Hotelhalle, und da er vermuten durfte, daß der Slowene zurückgekehrt war, schlenderte er am Regierungsgebäude vorbei in Richtung Oper.

Die Triester Oper, ein Bau aus der Napoleonzeit, befand sich, wie Müller-Lengsfeldt einer Tafel entnehmen konnte, »in fase di radicale restauro«. Im Innern hatte man die Bestuhlung entfernt. Der

Fußboden war aufgerissen und zeigte tiefe Löcher, in den Logen war man schon dabei, die Stukkatur zu bemalen. Wo man mit Steinfräsen hantierte, stiegen Staubwolken auf.

›Unmöglich‹, dachte Müller-Lengsfeldt. ›Der Dreck wird an der Farbe hängenbleiben.‹

Dies wollte er Obradovič, den er auf einem Gerüst entdeckt hatte, zurufen. Statt dessen stieg er, was nicht erlaubt war, die Leiter hinauf.

»Ich wollte nur wissen, womit Sie den Tag über beschäftigt sind«, sagte er lachend, und der Slowene, der einen Pinsel und einen Topf mit Farbe in der Hand hielt, kam ihm auf den wackligen Brettern entgegen.

Man wechselte einige Worte miteinander. Müller-Lengsfeldt sah ein, daß er störte.

»Ich würde Ihnen gern ein paar Skizzen zeigen, die ich gemacht habe«, sagte er. »Könnte ich Sie heute, vielleicht vor dem Abendessen, in Ihrem Zimmer besuchen?«

»Gern«, antwortete Obradovič, wußte aber nicht, warum Müller-Lengsfeldt sich die Mühe gemacht hatte, deswegen in die Oper zu kommen.

Müller-Lengsfeldt bedankte sich, Obradovič ging mit Topf und Pinsel wieder an die Arbeit, und gegen sechs Uhr nachmittags, viel zu früh, das Abendessen begann erst gegen acht, tauchte Müller-Lengsfeldt vor der Tür des Slowenen auf. Er hatte sich bei der Rezeption nach der Zimmernummer erkundigt, und er hatte die Rolle mit den Skizzen unterm Arm. Man machte keine Umstände. Obradovič zeigte sich interessiert, als Müller-Lengsfeldt die ersten Zeichnungen vor ihm ausbreitete.

»Ich muß eine Enttäuschung loswerden. Ich habe vierzehn Tage meines Lebens damit verbracht, auf Winckelmanns Spuren zu bleiben, und nun will man mir einreden, sein Tod sei, wie der von Pasolini, das Ende einer alternden Schwuchtel gewesen. Ich bin Kunsterzieher«, sagte Müller-Lengsfeldt und richtete sich in voller Größe auf. »Und ich sage Ihnen, ohne Winckelmanns Sinn für das Große und Erhabene wäre die Schönheit der Antike unter einem Trümmerfeld begraben geblieben. Hier«, erklärte er, »habe ich am Rande des Palatins gesessen, und Sie sehen, wieviel Mühe ich hatte, das Haus der Vestalinnen wenigstens in Umrissen wiederzugeben.« Er bedauerte, daß er den Titusbogen nicht mit einbezogen hätte. »Aber da stand immer die Gruppe herum«, sagte Müller-Lengsfeldt, »die Touristengruppe, der ich mich angeschlossen hatte. Wenn sie nicht gewesen wäre, hätte ich auch den Falken vom Circus Maximus auf dem Zeichenblock festgehalten.«

Als er davon sprach, daß er dem Vogel auf der letzten Stufe des Kolumbariums der Vigna Codini wiederbegegnet sei, schwieg er einen Augenblick, als wollte er Obradovič Gelegenheit geben, sich zu äußern. Aber der Slowene wußte, außer daß er die energische Strichführung lobte, nichts weiter zu sagen, und dies änderte sich auch nicht, nachdem Müller-Lengsfeldt ihm die Arbeiten aus der Via Margutta gezeigt hatte.

»Auf der Reise von Rom hierher«, versicherte Müller-Lengsfeldt, »hätte ich Hunderte von Blättern füllen können. Aber nun sehen Sie sich diese Versuche über Winckelmanns Denkmal an«, sagte er und rollte mehrere Blätter, die mit Stecknadeln aneinandergeheftet waren, auf dem Fußboden aus.

Es war der Kenotaph, und Müller-Lengsfeldt verschwieg, daß er immer noch nicht bis zum Tempietto vorgedrungen war. Er bat den Slowenen, besonders auf die Figur über dem Sarkophag zu achten.

»Was, glauben Sie, könnte diese Allegorie bedeuten?« fragte er und zeigte mit dem Finger auf den ersten der drei Entwürfe.

»Offenbar ein geflügelter Genius oder ein Adonis«, sagte Müller-Lengsfeldt. »Aber wenn man so grundsätzlich veranlagt war wie Winckelmann, und ich weiß, wovon ich rede, es gelingt mir immer besser, mich einzufühlen, dann könnte es auch ein Würgeengel sein«, sagte er, und nun zeigte er mit dem Finger auf den letzten der drei Entwürfe.

Hier hatte Müller-Lengsfeldt die Figur verändert. Sie schien nicht mehr zu trauern, verharrte auch nicht mehr in schöner Nachdenklichkeit. Hochaufgerichtet stand sie da, und Müller-Lengsfeldt hatte ihr blauschwarze Schatten gegeben. Er bestand darauf, daß sie dadurch weniger gefällig wäre, und auch Obradovič mußte zugeben, daß die Figur durch die Veränderung keineswegs an Wirkung verloren hatte.

»Im Grunde ist Winckelmann zu beneiden«, sagte Müller-Lengsfeldt plötzlich. »Er konnte, da er berühmt war, auf ein Denkmal hoffen. Und wer dann noch die Stunde seines Todes selbst bestimmen kann... Ich bitte Sie«, sagte er und rollte die Zeichnungen wieder zusammen. Einen Augenblick blieb er, die Rolle mit den Zeichnungen unterm Arm, in der offenen Tür stehen. Er sah auf die Uhr.

»Sehen wir uns beim Abendessen?« fragte er.

Der Slowene winkte höflich ab, erklärte, daß er andere Verpflichtungen hätte, lenkte aber ein, als er merkte, daß Müller-Lengsfeldt enttäuscht war, und so einigte man sich auf einen späteren Termin. Gegen zehn Uhr wollte man sich in einem Restaurant am Corso Cavour treffen.

»Von dort aus haben wir einen Blick auf das Meer«, sagte Obradovič. »Und wenn das Wetter es erlaubt, können wir auf der Mole spazierengehen.«

## 17

Diesmal war der Slowene pünktlich. Noch vor der verabredeten Zeit saß man in einem Vorbau, dessen Fensterfront auf die offene See hinausging, und zunächst kam es Obradovič darauf an, Müller-Lengsfeld zu versichern, daß er weniger über Winckelmann wüßte, als es den Anschein hätte. Er lobte nochmals die Zeichnungen, fand alles sehr originell. Offensichtlich hatten ihm der Ernst und die hartnäckige Betroffenheit Müller-Lengsfeldts zu denken gegeben.

»Man weiß letztlich wenig über die näheren Umstände seines Triester Aufenthalts.«

Dann sprach er davon, daß in dieser Stadt, außer dem Alten Hafen und den Hügeln von San Giusto, ohnehin nur noch wenig an das 18. Jahrhundert erinnern würde.

»Und wo finden Sie heute noch deutsche Namen wie Harthaber oder Eva Tuch. Was vorbei ist, ist vorbei, und man sollte gewisse Dinge in ihrem Dunkel belassen«, sagte der Slowene.

Müller-Lengsfeldt gab keine Antwort. Er saß mit dem Rücken zum offenen Fenster, schien den naßkalten Wind nicht zu bemerken. Er trug lediglich ein kurzärmeliges Hemd, während der andere einen Pullover übergezogen hatte. Der Kellner brachte das Carpaccio und die Graupensuppe. Man bestellte einen offenen Wein aus der Gegend, und als Obradovič sich in seinem Stuhl aufrichtete, die rechte Hand hob, um dem Kellner etwas zuzurufen, beugte sich Müller-Lengsfeldt nach vorn und fragte leise:

»Was, glauben Sie, wollte Winckelmann seinem Mörder, ehe dieser floh, zuflüstern? Harthaber hat es gehört, aber nicht verstanden.«

»Das ist doch völlig gleichgültig«, sagte der Slowene. »Ich bitte Sie, das Ganze ist über zweihundert Jahre her. Und wenn man es wüßte, es würde niemanden mehr lebendig machen. Sie sind aus Berlin?« fügte er hinzu, wohl in der Absicht, das Thema zu wechseln.

Er hatte wenig Erfolg. Müller-Lengsfeldt war lediglich bereit zuzugeben, daß er allein lebte und daß seine Wohnung im zweiten Stock ungünstig geschnitten war. Es war unübersehbar, daß er fror. Trotzdem machte er keine Anstalten, den Kellner zu bitten, das Fenster zu schließen. Statt dessen beugte er sich wieder nach vorn und sagte:

»Ist es im Leben nicht schließlich so, daß wir uns einen Apoll von Belvedere wünschen und zuletzt doch nur von den üblichen Schäbigkeiten heimgesucht werden? Niemand von uns kann sich mit Winckelmann vergleichen, das wäre vermessen. Aber wer weiß, vielleicht erwischen wir den gleichen Würgeengel.«

»Vielleicht«, sagte der Slowene.

Sie wurden unterbrochen. Irgend jemand war an den Tisch getreten. Obradovič erhob sich mit einer Geste der Entschuldigung, und Müller-Lengsfeldt sah zu, wie er mit einem Italiener, offenbar einem Kollegen aus der Oper, etwas zu besprechen hatte. Das ging eine Weile. Viel zu lange. Müller-Lengsfeldt, der nicht wußte, ob er sich ebenfalls erheben oder sitzen bleiben sollte, kam sich überflüssig vor.

›Was vorbei ist, ist vorbei‹, dachte er und spürte, wie ihm plötzlich heiß wurde. Er riß sich den Hemdkragen auf, war froh, daß die anderen, der Slowene und der Italiener, seinen Zustand nicht zu bemerken schienen. Das Herz schlug ihm bis zum Hals, und erst nachdem er sein Glas Wasser ausgetrunken hatte, wurde er ruhiger, und nun war er bereit, darüber nachzudenken, ob er sich überanstrengt hatte und ob es eine Marotte von ihm war, derart hartnäckig und bis zur letzten Konsequenz an einer Bildungsreise festzuhalten.

Eine Marotte? Nein, dies wollte sich Müller-Lengsfeldt keineswegs einreden lassen. Am selben Abend noch, es war gegen halb zwölf, war er versucht, mit einer Flasche Wein und dem Stück Parmesankäse, den er in Trient gekauft hatte und der immer noch in der Plastiktüte verstaut war, den Slowenen in seinem Zimmer aufzusuchen. Er hatte das Bedürfnis, das Gespräch, das im Restaurant unterbrochen worden war, fortzusetzen, und er war schon auf dem Weg zum Treppenhaus.

›Es wäre rücksichtslos‹, dachte er und beschloß, Obradovič erst einmal in Ruhe zu lassen.

Er fühlte sich keineswegs müde, nahm, obwohl er es vorgehabt hatte, das Plakat nicht ab, und als er im Pyjama war, ging er nochmals zur Tür, um sich zu vergewissern, daß sie nicht abgeschlossen war.

Und nun wartete er. Worauf? Vielleicht daß der Lichtschein über der Schwelle der Tür doch noch etwas zu bedeuten hatte? Oder waren es die Flurlampen, die dem Zimmer gerade so viel Dunkelheit nahmen, daß er das Gesicht auf dem Plakat in vagen Umrissen erkennen konnte? Und wenn er, Müller-Lengsfeldt, der Meinung war, so könnte der Prinz von Mecklenburg-Strelitz, der Bruder der Königin Charlotte Sophie, ausgesehen haben, wer sollte ihn daran hindern, in ebendiesem Gesicht mehr zu erkennen als nur den vornehmen Touristen, dem vor Hitze die Schminke herunterlief!

›So oder ähnlich‹, dachte Müller-Lengsfeldt, ›muß es Winckelmann ergangen sein. Sonst wäre er nicht, wie ich übrigens auch, Hals über Kopf von der Via Margutta aus ins Unbekannte aufgebrochen. Sicher, er wollte Cavaceppi nach Deutschland begleiten. Aber was für eine Welt, in der die Dinge immer nur das bedeuten, was sie sind‹, dachte Müller-Lengsfeldt. Und so wollte er auch den Falken, trotz der höhnischen Bemerkung des Herrn Schmeer, auf seine Weise bei sich behalten.

Als er Schritte auf dem Korridor hörte, richtete er sich auf. Ein flüchtiger Schatten unterbrach den Lichtschein über der Schwelle. Man hörte, wie eine Tür geöffnet wurde, wie sie ins Schloß zurückfiel. Dann war alles still, und jetzt hätte Müller-Lengsfeldt, da es wieder nur ein Hotelgast war, der in sein Zimmer ging, jetzt hätte er, in der sicheren Gewißheit, daß dort draußen nichts Außergewöhnliches vor sich ging, beruhigt einschlafen können. Aber es gelang ihm, an seiner Stimmung festzuhalten. Genauer: Je länger er das Plakat betrachtete, desto unwiderstehlicher wurde der Wunsch, jenes Gesicht, wie den Engel auf dem Kenotaph, nach seinen Vorstellungen umzumalen.

›Und nie und nimmer‹, dachte Müller-Lengsfeldt, ›könnte ich Frau Ziegler verständlich machen, wieviel Glück man braucht, um im richtigen Moment, nicht zu früh und nicht zu spät, aber doch schon im Anflug einer gewissen Ermüdung, einfach zu enden. Wie Winckelmann‹, dachte er. ›Und das in einer Stadt, die so wenig Sehenswertes, so wenig Besonderes zu bieten hat. Bis auf das Largo aus dem e-Moll-Violoncellokonzert von Vivaldi.‹

## 18

Am nächsten Morgen zeigte sich Müller-Lengsfeldt ungehalten. Er beschwerte sich darüber, daß es im Grunde unmöglich sei, in Triest, und zwar, dies betonte er immer wieder, mit dem nötigen Ernst, auf den Spuren Winckelmanns zu bleiben, und er fand es unerhört, daß das Grabmal im Civico Museo di Storia e Arte nur eine Attrappe war.

»Es ist gar nicht Winckelmanns Grabstätte. Überhaupt kann mir niemand in dieser Stadt sagen, wo er beerdigt wurde«, sagte er und hatte vor Eifer rote Flecken im Gesicht.

Der Slowene trank hastig seinen Kaffee. Offenbar hatte er es eilig, in die Oper zu kommen. Ja, wollte Müller-Lengsfeldt tatsächlich wissen, was der Nachwelt längst gleichgültig war, wollte er wissen, wo man die sterblichen Überreste Winckelmanns hätte vermuten können! Hatte er sich nicht in der Grabanlage des Pomponius Hylas oder in dem Kolumbarium der Vigna Codini davon überzeugen können, daß außer einigen Scherben und dem Staub auf geöffneten Tongefäßen nichts, aber auch gar nichts übriggeblieben war? Der Nachruhm war es schließlich, der Winckelmann die Aufmerksamkeit seiner Bewunderer sicherte, und Müller-Lengsfeldt mußte zufrieden sein, daß er so viel Sehenswertes in seiner Zeichenmappe festgehalten hatte. Nach Berlin zurückgekehrt, würde er es seinen Schülern zeigen, oder er könnte, was gelungen war, einrahmen lassen, um es an die Wand zu hängen. So würde von dem unsterblichen Glanz, den Winckelmann hinterlassen hatte, auch auf ihn etwas abfärben.

Aber dies alles schien ihm nicht zu genügen, und nachdem sich der Slowene, der seine Gereiztheit kommentarlos ertrug, verabschiedet hatte, ging Müller-Lengsfeldt zur Rezeption und beschwerte sich darüber, daß in dem Prospekt, den er in seinem Zimmer vorgefunden hatte, zwar der Tempietto di Winckelmann erwähnt wurde, daß es aber keinerlei Hinweis auf die Locanda Grande gab.

Man wußte nicht, was er meinte, gab ihm zu verstehen, daß das alte Hotel, wann, konnte niemand sagen, abgerissen worden war, und als Müller-Lengsfeldt seine Beharrlichkeit steigerte, als er geltend machen wollte, daß nicht die Sehenswürdigkeiten, die es gab, sondern jene, die es nicht gab, besondere Aufmerksamkeit verdient hätten, riet man ihm, zur Agenzia Turistica zu gehen.

Er notierte sich die Adresse, aber auch hier, in der Nähe des Hauptbahnhofs, hatte Müller-Lengsfeldt Grund, sich zu ärgern. Er entdeckte lediglich einen Schalter, an dem vor allem Zimmer vermittelt wurden, und als er sein Anliegen vorbrachte, schüttelte man den Kopf. Man bat ihn, für die Wartenden Platz zu machen. Müller-Lengsfeldt blieb hartnäckig, verlangte den Vorgesetzten zu sprechen, gelangte irgendwie durch eine Nebentür in das Büro, und nun legte er einem mürrischen Mittfünfziger, der bereit war, sich auf sein überfallartiges Erscheinen einzulassen, den Prospekt der Frau Ziegler vor und erklärte, er würde für eine Berliner Firma, deren Adresse auf der Vorderseite angegeben war, eine Touristenreise nach Triest vorbereiten, und zwar auf den Spuren des berühmten Archäologen Johann Joachim Winckelmann.

»Ich verlange also«, sagte Müller-Lengsfeldt und

klopfte mit dem Handrücken auf die Tischplatte, »daß man das Wirken dieses berühmten Mannes angemessen würdigt. Schon in Rom hat man sich diesbezüglich wenig Mühe gegeben. Aber in Triest wurde Winckelmann ermordet! Und nun sagen Sie mir: Wo hat Gasparos Kaffeehaus gestanden und wo war der Laden, in dem Arcangeli Messer und Schlinge gekauft hat!«

»Ma di che parla!« sagte er Italiener und erhob sich von seinem Stuhl.

Müller-Lengsfeldt sah ein, daß er zu erregt war und daß seine Sprachkenntnisse keineswegs ausreichten, um sich in dieser komplizierten Sache verständlich zu machen, und so steckte er den Prospekt wieder ein und beeilte sich, zur Piazza dell' Unità d'Italia zurückzukommen.

Das Wetter war immer noch naßkalt. Müller-Lengsfeldt fröstelte, spürte, wie ihm die Knie weich wurden, und trotzdem stand er keine zehn Minuten später auf dem Gerüst in der Oper, um mit dem Slowenen einige, wie er betonte, wichtige Punkte zu erörtern. Er entschuldigte sein plötzliches Auftauchen, kam gleich zur Sache.

Ob man nicht am Alten Hafen Spuren entdekken und sichern sollte, um zukünftigen Touristen anschaulich zu machen, wo das Frachtschiff des Ragusini oder Viezolli, mit dem Winckelmann nach Venedig weitersegeln wollte, vor Anker gelegen haben könnte, und ob man nicht, falls es wirklich gelänge, die Bildungsreise auf Winckelmanns Spuren von Rom bis hierher, bis nach Triest, zu verlängern, ob man nicht mit einem Winckelmann-Zitat Werbung betreiben sollte.

»Superavi te, fortuna!« rief er. »Oder besser noch: Endlich wird die Ruhe kommen an dem Ort, wo wir uns zu sehen und zu genießen hoffen! Dahin will ich, wie ein leichter Fußgänger, so wie ich gekommen bin, aus der Welt gehen!«

Der Slowene runzelte die Stirn.

»Wir können heute abend darüber reden«, sagte er. Und nun kam es ihm darauf an, Müller-Lengsfeldt, der sich auf dem Gerüst unvorsichtig bewegte, zur Leiter zurückzuführen.

Müller-Lengsfeldt bedankte sich, stieg über den Schutt hinweg, der vor dem Eingang der Oper aufgehäuft war, und wenig später sah man ihn in seinem Hotelzimmer. Er stand vor dem Fenster, hielt den Telefonhörer in der Hand, und es war unverkennbar, daß es wieder nur ein Anrufbeantworter war, dem er etwas zudiktierte. Dies ging eine Viertelstunde, dann verließ er das Hotel, und als er am Abend wieder auftauchte, schien er zu fiebern. Er war völlig durchnäßt. Zitternd am ganzen Körper ging er zum Abendessen ins Restaurant und drängte den Slowenen, ihm als Dolmetscher behilflich zu sein.

Obradovič riet ihm, erst einmal etwas Heißes zu trinken oder ein Aspirin zu nehmen und sofort ins Bett zu gehen. Er hängte Müller-Lengsfeldt sein Jackett um und war froh, als er ihn endlich auf sein Zimmer gebracht hatte. Als Müller-Lengsfeldt hartnäckig darauf bestand, mit der Hotelleitung zu reden, zeigte sich Obradovič nachgiebig, und so stand er wenig später mit einem Angestellten in der Tür und versuchte zu dolmetschen. Zunächst ging es darum, dem Angestellten verständlich zu machen, warum das Plakat an der Zimmertür hing. Dann, der Italiener hatte es mit keinem Blick gewürdigt, wollte Müller-Lengsfeldt wissen, ob das Hotel ausgebucht sei. Er redete ununterbrochen und mit einer Hast, als müsse er, bevor das Fieber ihn daran hinderte, etwas Unaufschiebbares loswerden.

»Wenn Sie sich entschließen könnten, das Hotel umzubenennen und es in der Tradition der abgerissenen Locanda Grande weiterzuführen, könnte ich Ihnen, mit der Unterstützung von Frau Ziegler selbstverständlich, jährlich eine ausreichende Anzahl von Touristen garantieren. Es gibt genügend Leute, die nicht nur das Schönheitsideal der Antike, sondern auch Winckelmanns letzte und damit entscheidende Stunde nacherleben wollen. Glauben Sie mir«, rief er, »dieses Haus hat die allerbesten Möglichkeiten! Es liegt an der Piazza San Pietro. Ein paar Durchbrüche würden genügen, um die Sicht auf den Alten Hafen möglich zu machen. Und es wird immer jemand aufzutreiben sein, der sich ein Taschengeld verdienen will, weil er einem Arcangeli ähnlich sieht! Und noch etwas«, fügte Müller-Lengsfeldt hinzu, »die Türen schließen nicht richtig. Aber lassen Sie alles, wie es ist. Ein Lichtschein über der Schwelle genügt, um den Touristen begreiflich zu machen, daß sie ihr Geld nicht umsonst ausgegeben haben.«

Er erwähnte noch einen Eisenladen, in dem man, sozusagen als Anschauungsstücke, ein altes Messer und sicher auch eine Schlinge aus Draht besorgen könnte, dann entschuldigte er sich bei den beiden, die nicht wußten, was sie von seinem Zustand zu halten hatten. Er hätte sich, erklärte er, wie jeder sehen könne, erkältet, sei aber durchaus in der Lage, diese Lappalie auszukurieren. Der Hotelangestellte verließ das Zimmer. Obradovič zögerte, fragte Müller-Lengsfeldt, ob er noch etwas nötig hätte, und als dieser wortlos ins Bad ging, ließ er den Fiebernden allein.

# 19

Am nächsten Tag war strahlendes Wetter. Das Tief aus Genua hatte sich verbraucht. Vor den Cafés am Corso Cavour wurden die Stühle auf den Bürgersteig gestellt. Die *edicole* waren geöffnet. Man las die neuesten Nachrichten, trank den obligatorischen Espresso, und unter den Touristen sah man auch einige, die in deutschen Zeitungen herumblätterten.

Ein Ehepaar aus Ingolstadt hatte die Seite mit den Rezensionen aufgeschlagen und Zufall oder nicht:

»Die römischen Katakomben sind einer der beeindruckendsten und dazu besterhaltenen archäologischen Komplexe der antiken Welt«, hieß es da. »Ihre bisher bekannt gewordenen über sechzig Anlagen durchziehen mit ihren verzweigten Gängen den Untergrund der heutigen Millionenstadt Rom auf einer Länge von mehreren hundert Kilometern. Davon sind zirka 170 Kilometer mit 750 000 Gräbern freigelegt.«

Es war die Besprechung eines Bildbandes, unterzeichnet mit Erwin Gatz. Auch der Titel der Publikation wurde minutiös vorgestellt:

»Vincenzo Fiocchi Nicolai, Fabricio Biscontin, Danilo Mazzoleni: *Roms christliche Katakomben.*

Geschichte – Bilderwelt – Inschriften. Verlag Schnell und Steiner, Regensburg, 1999. 208 Seiten. 144 Farb-, 37 s/w-Abb., Pläne, Strichzeichnungen, geb., 58.– DM.«

»Diese Publikation«, versicherte der Rezensent, »fügt sich in eine lange Reihe deutscher Beiträge zur Katakombenforschung ein. Sorgen bereitet der für das Jubiläumsjahr 2000 erwartete Ansturm von Besuchern auf die freigegebenen vier Katakomben. Für den Besuch der übrigen ist eine Sondergenehmigung erforderlich, denn diese Anlagen wurden nicht für die modernen Besuchermassen geschaffen, sondern als Friedhöfe und stille Gedenkstätten.«

»Da müssen wir hin!« rief die Frau mit dem Tirolerhut, und nun studierten die beiden das Foto, das der Besprechung vorangestellt war.

»BINCENTIA IN PACE« war da zu lesen. Daneben ein Christogramm, ein Brotkorb und die Taube Noahs mit dem symbolischen Ölzweig.

Man bestellte noch einen Eiskaffee, notierte die Namen der angegebenen Katakomben, beschloß, sowie man wieder zu Hause sein würde, den Bildband zu kaufen, und damit war, man war auch bereit, eine Sondergenehmigung zu beantragen, zumindest für dieses Ehepaar, das Programm für den nächsten Urlaub gesichert.

Und Müller-Lengsfeldt? Es ist nicht anzunehmen, daß ihm mit einigen Tabletten Aspirin geholfen war, und wir wissen auch nicht, was ihn im letzten dazu veranlaßt hatte, weiterhin in Triest zu bleiben. Oder hatte Herr Schmeer mit seiner Bemerkung »Wenn Sie sich da nur nicht in etwas hineinsteigern« recht gehabt, denn auch der Slowene hatte nun Gründe, sich über Müller-Lengsfeldts Verhalten Sorgen zu machen. Für vierundzwanzig Stunden war er auf seinem Zimmer geblieben, und als er wieder im Frühstücksraum erschien, trug er einen dicken Schal. Er hustete, die Augen waren nach wie vor fiebrig, und er setzte sich abseits, vermied es, den Blick, den Obradovič ihm zuwarf, zu erwidern, ja, er drehte dem Slowenen ostentativ den Rücken zu.

Als sie sich an der Rezeption nochmals begegneten, bemerkte Obradovič, daß der Deutsche auch diesmal ungestört bleiben wollte. Müller-Lengsfeldt erkundigte sich nach dem Stand seiner Rechnung, erwähnte aber sein Angebot, das ihm vor Tagen noch wichtig gewesen war, nämlich dem Hotel zu einer Touristenattraktion zu verhelfen, mit keinem einzigen Wort. Anschließend saß er an der Bar, trank einen Cappuccino, und er schien auf das Faxgerät in der Rezeption zu achten. Dann verschwand er in seinem Zimmer, und man hörte, wie er ausgiebig gurgelte.

Versuchte er doch noch, Winckelmanns Sarkophag nach dem Original abzuzeichnen? Er hatte es aufgegeben. Aber irgend etwas trieb ihn weiterhin durch die Straßen dieser Stadt. Was es genau war, wußte niemand zu sagen, und der Slowene, der zu viel Takt hatte, um Müller-Lengsfeldt dessen unhöfliches Verhalten übelzunehmen oder ihn einfach seiner Ruhelosigkeit zu überlassen, der Slowene war am Ende ratlos.

Einmal noch näherte er sich Müller-Lengsfeldt. Er sprach ihn freundlich an, wollte darauf hinweisen, daß er die Unterredung mit dem Hotelangestellten keineswegs als so abwegig empfunden hätte, und er wollte, vielleicht um ihm Mut zu machen, noch einige Einzelheiten aus der Mordakte mitteilen.

»Geben Sie nicht auf«, wollte er sagen. »Ich bin sicher, daß sich Winckelmanns Ende von der Tourismusbranche vermarkten läßt. Der Mord geschah an einem Donnerstag. Wußten Sie übrigens, daß man Arcangeli am gleichen Wochentag, zur gleichen Tageszeit auf dem Petersplatz unmittelbar vor der Locanda Grande hingerichtet hat?« Auch wollte er sagen, daß Winckelmann überaus würdig und gefaßt gestorben sei und daß er noch die Kraft gefunden hätte, sein Testament zu diktieren. »Und stellen Sie sich vor«, wollte er sagen, »ausgerechnet diesem Andreas Harthaber, der das Verbrechen nicht verhinderte, hat er zwei Dukaten hinterlassen.«

Aber er sah ein, daß er zu lange zögerte.

»Ist etwas?« fragte Müller-Lengsfeldt, und der Slowene ließ es bei einem Lächeln bewenden.

Am späten Nachmittag, als Obradovič von der Oper zurück zum Hotel ging, sah er Müller-Lengsfeldt zum letzten Mal, sah, wie dieser vor dem Schaufenster einer Apotheke stand und wie er mit einem Glatzköpfigen, offenbar dem Inhaber, heftig diskutierte. Dabei zeigte er mehrmals auf einen ausgestopften Raubvogel, den man im Schaufenster als Dekoration ausgestellt hatte. Vielleicht wollte er ihn kaufen. Oder wollte er etwas wissen, das ihm der andere, der Glatzköpfige, aus irgendeinem Grund vorenthielt? Dies dauerte eine Weile, und plötzlich ließ Müller-Lengsfeldt die Arme hängen, wandte sich ab, der andere verschwand in der Apotheke, und Obradovič trat, um nicht gesehen zu werden, in einen Torbogen.

›Was man nicht alles erlebt‹, dachte der Slowene und sah, wie sich Müller-Lengsfeldt langsam in Richtung Alter Hafen entfernte.

Wo wollte er hin? Wollte er ernsthaft, wie er es einmal angedeutet hatte, nach irgendwelchen Indizien von Gasparos Kaffeehaus suchen? Oder suchte er ein Strichermilieu, das ihm die Beziehung zwischen Winckelmann und Arcangeli hätte verständlich machen können?

Nichts dergleichen geschah. Müller-Lengsfeldt ging lediglich zum Brackwasser, das die Molen umspülte, und beobachtete einen Schwarm Möwen, der sich um Abfälle, die von einem Fischerboot geworfen wurden, balgte. Als die Sonne verschwunden war, stand er immer noch da, zog den Schal enger. Die Hustenanfälle hatten nachgelassen, und obwohl das Fieber wieder stieg, überkam ihn ein eigenartiges Gefühl von Ruhe.

## 20

In der folgenden Nacht hatte Müller-Lengsfeldt einen Traum: Er saß aufrecht in seinem Bett und versuchte, das Gesicht auf dem Plakat wie den Engel auf dem Kenotaph umzumalen. Es gelang ihm nicht. Endlich öffnete sich die Tür, und Frau Ziegler trat ein. Nicht, daß sie jener, die Müller-Lengsfeldt als Reiseleiterin kennengelernt hatte und mit der er so viele Male umsonst versucht hatte zu telefonieren, ähnelte. Nein, sie war jünger, wohl auch einen Kopf größer, hatte das Haar zu einem langen Zopf gebunden, und doch war es, dies hätte

Müller-Lengsfeldt beschwören können, niemand anderes als Frau Ziegler. Wer hätte ihm sonst auf einem Tablett all die Antwortbriefe überreicht, auf die er in Rom oder Trient, aber spätestens seit er das Fax des Herrn Schmeer in Wien erhalten hatte, vergeblich wartete? Jetzt hatte er allerdings keine Zeit, sich um diese Freundlichkeiten zu kümmern. Er hatte andere Eindrücke, mit denen er fertig werden mußte.

»Kommen Sie«, sagte er und machte, indem er zur Seite rückte, Platz.

Er befand sich auf einem Motorboot, das vom Canal Grande aus aufs offene Meer hinaussteuerte. Wohin?

»Nehmen wir an, wir sind unterwegs nach Griechenland«, sagte eine Männerstimme. »Wußten Sie übrigens, daß es Winckelmanns Sehnsucht war, auch einmal dort hinzugelangen? Aber er hat es nie geschafft!«

»Nach Griechenland«, antwortete Müller-Lengsfeldt. »O ja«, sagte er, »falls uns dies gelingt, hätten wir ihm einiges voraus.«

Und er begann zu rudern, obwohl der andere, der neben ihm saß, es war Dr. Wondratschek, einen kräftigen Motor bediente, der die Heckwelle hoch aufschäumen ließ. Allmählich verloren sie die Sicht auf den Küstenstreifen in ihrem Rücken.

Müller-Lengsfeldt war besorgt. Eine letzte Auskunft noch, die die Stadt, die sie verlassen hatten, betraf:

»Wie ist es möglich, daß Sie das Wichtigste in dem Hotel vergessen haben«, fragte der Arzt.

Aber hierauf wußte Müller-Lengsfeldt, ›Gott sei Dank‹, dachte er, etwas zu erwidern.

»Ich habe es nicht vergessen«, sagte er und zog den Plastikbeutel unter der Ruderbank hervor.

Eine Weile hatte er Mühe, den eingeschweißten Käse aus der Folie zu lösen. Dann, als er ihn in kleine Stücke brechen wollte, war da niemand mehr, an den er ihn hätte verteilen können, und bevor er den Plastikbeutel mit dem zerbröckelten Parmesan über Bord warf, versuchte er nachzurechnen, wie lang die Dalmatinische Küste war und wann er frühestens damit rechnen konnte, die Insel Kerkyra zu erreichen. Das Boot war nun ohne Motor, und Müller-Lengsfeldt brauchte nicht einmal die Ruder durchs Wasser zu ziehen, wie von selbst trieb er in Richtung Südosten. Der Wind, der ihm durchs Haar strich, war warm, das Wasser, soweit der Blick reichte, wechselte ständig die Farbe. Hier, in unmittelbarer Nähe des Bootes, war alles hellgrün, weiter vorn aber, wo er hinzugelangen wünschte, war alles bis über den Horizont hinaus abgrundtief blau.

›Wie ist das möglich‹, dachte Müller-Lengsfeldt, ›daß ich über die Linie zwischen Himmel und Wasser ohne Anstrengung hinwegsehen kann!‹ Und er nahm es als Beweis, genauer, als Versprechen, daß das gute Wetter, so lange dies nötig war, anhalten würde.

Hin und wieder gab es Eindrücke, die dieser Zuversicht widersprachen. Da waren nicht nur die riesigen Frachtschiffe, die bugaufwärts plötzlich vor ihm auftauchten, nicht nur die Schatten von Flugzeugen, die einen unangenehmen Donner hinter sich herzogen, da waren vor allem flache Schlauchboote, die, ohne das geringste Geräusch, hierhin und dorthin unterwegs waren, und mit einer solchen Geschwindigkeit, daß es ihm, Müller-Lengsfeldt, zu keiner Zeit möglich war, herauszufinden, wer da und zu welchem Zweck auf dem Wasser hin- und hertransportiert wurde. Aber er fand Gründe, sich nicht weiter darum zu kümmern.

›Hauptsache, ich habe ein Ziel‹, dachte Müller-Lengsfeldt, ›und ich kann an meiner Bildungsreise festhalten.‹ Und daß er es, seit er von Rom aus in diese Gegend aufgebrochen war, immer wieder geschafft hatte, keine Langeweile aufkommen zu lassen, dies nahm er als Erfolg. ›Und wer weiß‹, dachte er, ›vielleicht gelingt es mir, in Griechenland all das in Augenschein zu nehmen, was auch Winckelmann gern gesehen hätte. Falls es ihm, wie mir, gelungen wäre, über die Adria hinwegzukommen.‹

In Berlin war man unterdessen bemüht, in Müller-Lengsfeldts Wohnung zu gelangen. Gasgeruch hatte die Mitbewohner aufgeschreckt, aber wie lange man auch klopfte, das Benutzen der elektrischen Klingel war zu gefährlich, es öffnete niemand, und niemand im Hause konnte mit Sicherheit sagen, wann Müller-Lengsfeldt in die Ferien aufgebrochen war und wann er zurückkehren würde. Und doch, dies war allen klar, durfte man keine Minute länger warten. Nachdem die Polizei die Feuerwehr geholt hatte, hörte man ein kurzes Splittern. Die Wohnungstür flog auf, und Feuerwehrleute standen in der Küche, um den Haupthahn der Gasleitung abzudrehen. Man gab Entwarnung, konnte aber nicht sagen, da der Geruch nicht nachließ, wo die undichte Stelle lag. Die Leute von der GASAG waren genötigt, die Leitung zu erneuern. Man durchbrach den Boden, riß das alte Rohr heraus. Im Bad wurden die Fliesen beschädigt, und sogar im Wohnzimmer legte sich der Staub auf den Teppich, den Müller-Lengsfeldt am Vortag seiner Abreise nochmals gründlich gesäubert hatte. Und natürlich stand die Wohnungstür, da man sie aufgebrochen hatte, für mehrere Stunden offen. Man sah eine alte Truhe im Flur, darüber einige Haken für die Garderobe. Der mannshohe Spiegel stand gleich hinter dem Eingang zum Schlafzimmer, und das Bett an der Längsseite war mit einer Folie abgedeckt. An der Wand waren Hängeregale, vollgestopft mit Büchern, über dem Sofa im Wohnzimmer hing ein orientalischer Krummsäbel, und in dem angrenzenden Raum, einer Art Besenkammer, standen ungerahmte Ölbilder. Alles wirkte ordentlich, und für den Staub, den die Arbeiten an der Gasleitung erzeugt hatten, war Müller-Lengsfeldt nicht verantwortlich.

Am Nachmittag kam der Schlüsseldienst, der unter der Aufsicht des Hauswarts das Schloß wieder instand setzte, und am nächsten Morgen, es war gegen acht Uhr, ging plötzlich das Radio an. Es war unscharf eingestellt und viel zu laut, um in der Nachbarwohnung nicht gehört zu werden. Es war eine Automatik, die Müller-Lengsfeldt benutzte, um sich wecken zu lassen. Er hatte vergessen, sie abzustellen, so daß sie jetzt immer zur gleichen Zeit und wie sinnlos, da sie den Schlafenden in Triest nicht erreichen konnte, ihr quäkendes Geräusch von sich gab.

# *Hartmut Lange im Diogenes Verlag*

Hartmut Lange, 1937 in Berlin-Spandau geboren, studierte an der Filmhochschule Babelsberg Dramaturgie. Er lebt in Berlin und schreibt Dramen, Essays und Prosa. 1998 wurde er mit dem Literaturpreis der Konrad-Adenauer-Stiftung ausgezeichnet.

»Hartmut Lange hat einen festen Platz in der deutschen Literatur der Gegenwart. Dieser Platz ist nicht bei den Lauten, den Grellen, den Geschwätzigen, sondern bei den Nachdenklichen, bei denen, die Themen und Mittel sorgfältig wählen.« *Kieler Nachrichten*

»Die mürbe Eleganz seines Stils sucht in der zeitgenössischen Literatur ihresgleichen.«
*Frankfurter Allgemeine Zeitung*

»Dieser Autor verdient es, daß man ihn mit ganz besonderer Aufmerksamkeit liest, denn er unterscheidet sich deutlich von lautstarken Trommlern wie Grass oder Böll jenseits des Rheins. Man wird an die Dramen Maeterlincks und Wedekinds erinnert.«
*Le Figaro, Paris*

*Die Waldsteinsonate*
Fünf Novellen

*Die Selbstverbrennung*
Roman

*Das Konzert*
Novelle

*Tagebuch eines Melancholikers*
Aufzeichnungen der Monate Dezember 1981 bis November 1982

*Die Ermüdung*
Novelle

*Vom Werden der Vernunft*
und andere Stücke fürs Theater

*Die Wattwanderung*
Novelle

*Die Reise nach Triest*
Novelle

*Die Stechpalme*
Novelle

*Schnitzlers Würgeengel*
Vier Novellen

*Der Herr im Café*
Drei Erzählungen

*Eine andere Form des Glücks*
Novelle